여자는
아내가
필요하다

반은 여자, 반은 엄마의 거대한 일상, 소소한 인생

# 여자는
# 아내가
# 필요하다

이은영 지음

아 찔한 여 자

어 쩌 다 엄 마

그 래 도 여 자

여 전 히 여 자

<u>프롤로그</u>

당신은
조금
<u>흐</u>트러져도 됩니다.


눈이 펑펑 오는 날, 아이가 태어났습니다.
그 아이를 키우며 참 많이도 펑펑 울었습니다.
이에 아랑곳하지 않고
상사가 주는 일은 눈처럼 펑펑 쏟아집니다.
집 안 모양새는 누가 대포를 펑펑 쏜 것 같습니다.

언제나 그렇듯 책을 찾았습니다. 다른 사람의 삶을 빌려
지금 내 어깨 위에 얹힌 문제들을 좀 가볍게 만들 요량이었습니다.

그런데
그분들은 다,

연예인이신지
프리랜서이신지
전문직이신지

왜 그렇게 다들 예쁘고
돈까지 많으신지

위로와 공감은커녕
'너네는 좋겠다. 잘 먹고 잘 살아라.'

라며 책을 덮었습니다.
이 책은 그런 결핍으로 탄생된 글입니다.
연예인도, 프리랜서도, 전문직도 아닌
진짜 풀타임으로 일하는 여자가

이 땅에서 애 낳은 엄마로 산다는 것이
어떤 것일까, 그것을 그린 일상의 기록입니다.

엄마 사람
회사 사람
여자 사람

이들 중 한 명이라도 제 일상을 들여다보며
자신의 삶에 위로와 작은 힌트를 얻기 바랍니다.

그리고
여자에게,
특히 애 낳은 여자에게,
그중에서도 특히 애 낳고 일하는 여자에게
극도로 취약한

공감 능력 반쪽짜리 한국 남자들을 위한
자습서이기도 합니다.

제발 공부해서 반드시 기억해내시길 바랍니다.
지금 당신 옆의 그녀는
한때 당신이 그토록 지켜내고 싶던
연약한 여자라는 것을요.

그녀는 이제
여자로서 차마 겪어내기 어려운
신체적 통증과 정신적 산고로

여자에서
엄마가 되었습니다.

그렇지만
결혼한 후에도
애를 낳은 후에도

여자는
사랑으로
여자로 삽니다.

아찔한 여자
어쩌다 엄마
그래도 여자
여전히 여자

2016년 1월

여자 이은영

dreamleader9@naver.com

8

프롤로그

## 하나. 여자로 산다

## 둘. 엄마로 산다

하나

# 여자로 산다

# 남자들에게

내가 속상한 일을 말할 때

당신의 잣대로
당신의 기준으로
판단하지 마세요.
심판하지 마세요.
제발 해결책을 제시하지 마세요.

그냥 공감해주세요.
넓은 남자의 마음으로 내 아픔을 품어주세요.
내가 편히 기대어 쉴 수 있게 그냥 들어주세요.
맞장구 한 번만 쳐주세요.
슬픈 눈으로 내 눈 한 번 쳐다봐주세요.

정말이지 그것이면 됩니다.
당신에게 해결해달라는 것이 아닙니다.
정 공감이 안 되면

그냥 들어만이라도 주세요.

내 쪽으로 몸을 바짝 기울이고
딴것에 신경 쓰지 말고
내 말 끊지 말고
다른 것에 눈길 주지 말고
그냥 눈 크게 뜨고
가끔 고개도 끄덕이며
'아, 그랬어?' '그런 일이 있었어?'라는 추임새
한 번만 넣어주고
그냥 들어만 주세요.

입은 한 개, 귀는 두 개잖아요.
그냥 들어만 주세요.
귀는 그래서 두 개라고요.

남자와 여자 사이에는 큰 강이 하나 흐르는 것 같습니다. 그것은 너무 길고 넓어서 절대 넘어갈 수 없는 그런 강입니다. 강의 한쪽 면은 '솔루션', 그리고 다른 한쪽 면은 '공감'입니다.

공감을 원하는 여자들에게 남자들은 언제나 그럴듯한 솔루션을 내놓습니다. 사실 그럴듯하지도 않은 그냥 어쭙잖은 솔루션들이 대부분입니다. 남자들이 고심한 나름의 솔루션을 어쭙잖다며 평가절하하는 것은, 원래 공감을 원했던 여자에게는 그 어떤 솔루션도 도움이 되지 않기 때문입니다.

여자가 속상한 마음을 말하는 제일 첫 번째 이유는 마음의 위로를 얻기 위해서입니다. 해결책은 아직 한참 먼 다음 순위입니다.

너무너무 기발한 묘책이라 할지라도 잠깐만 참아주세요.

여자에게 솔루션은 언제나 마음의 공감, 다음 순서입니다(제발 좀! 남편들 읽으라고 강조해서 적습니다).

# 여자 엄마

잘생긴 남자 들어온다.
예전 같으면
아, 저 남자가 내 남자였으면…….

잘생긴 남자 들어온다.
애 낳은 지금은
아, 저 남자 같은 아들 한 명 있었으면…….

세월이 갑니다.
나이가 듭니다.

여자는
그렇게 엄마가 됩니다.

서글플 때가 있습니다. 잘생긴 남자를 볼 때 서글픕니다. 그 남자가 내 옆의 남자가 아니라서가 아닙니다. 저 남자 같은 아들 한 명이 갖고 싶어 서글픕니다.

'남자'가 아니라 '아들' 생각하는 내 생각에 문득 서글픕니다. 점점 내게 여자는 없어지고 엄마만 남을 것 같아 서글픕니다.

여자는 그렇게 엄마가 되어갑니다.

---

### 👫 여자에서 엄마가 되고 있다는 징후

1. 남자 운동선수들이 그렇게 멋있다.

2. 그런데 그런 남자가 아니라 그런 아들 한 명 갖고 싶어진다.

3. 메뉴판을 봤는데 너무 비싸면 자리를 박차고 일어나진다.

4. 남편 겉옷에 자꾸 손이 간다(입으면 그렇게 편할 수가 없다~).

5. 아이가 남긴 밥을 먹는다(심지어 아이가 뱉은 것도 원래 내 것인 양 잘도 먹는다).

6. 점점 주말에 화장을 안 한다.

7. 옷 치수가 하나 늘어난다(그리고 그 치수에 맞게 새 옷을 산다. 슬 프다).

8. 주말 내내 가족을 제외하고 전화가 단 한 통도 안 온다.

9. 〈뽀로로〉가 정말 재미있다(웬만한 드라마보다 낫다).

10. 팔뚝이 점점 굵어진다(팔뚝 살은 정말 어쩔 수 없는 모양이다. 슬 프다).

하나. 여자로 산다

# 낯선 아줌마

좋은 주말
남편이 찍은 아이 사진에
한 아줌마가 보입니다.

애 찍다가
애 옆
애 봐주시는 아줌마도 찍힌 모양입니다.

그런데
그 아줌마,

자세히 보니
아줌마가 아니라
'나'입니다.

주말이면
질끈 묶은 머리,

겨우 세수만 한 화장기 없는 얼굴,
대충 걸쳐 입은 헐렁한 옷,
지칠 대로 지친 표정.

딱 봐도
영락없는
애 봐주시는 아줌마 모습입니다.

그게 바로
'나'였습니다.

하나. 여자로 산다

외모와 관련된 가장 큰 좌절을 겪은 때는 바로 애 낳은 후 1년간이었습니다. 저는 여전히 부어 있었고, 화장은커녕 세수를 할 시간도, 머리 손질은커녕 머리를 감을 시간도 제대로 없었습니다. 자연스레 제 외모는 점점 더 최악을 향해 치달았습니다.

처음 낳아보는 애를 키우며 모두 다 처음인 상황들을 처리해가느라 미처 그런 줄도 모르고 살고 있었습니다. 그러던 중 아이와 함께 찍은 사진을 보고 제 외모를 객관적으로 들여다볼 기회가 생겼습니다.

그것은 충격이었습니다. 그녀는 제가 아니었습니다. 한눈에 봐도 애 봐주시는 연변 아주머니에 가까웠습니다.

카메라에서 사진을 냉큼 지웠습니다. 그리고 문득 남편에게 고마운 마음이 들었습니다. 이런 나랑 다니기 창피했을 텐데, 그런 내색 한 번 안 하고…… 참 고맙다…….

남편이 미워 죽을 때가 있었습니다. 남들만 못하게 여겨질 때가 있었습니다. 아니 차라리 남이었으면 싶을 때가 있었습니다.

하지만 남편 역시 그럴 때가 있었겠죠. 남자는 젊으나 늙으나 한평생 남자일 수밖에 없습니다. 본능적으로 예쁜 여자에게 눈길 한 번 더 가게 되어 있습니다. 그런데도 그런 내색 한 번 없이, 못생긴 데다가 신경질적이기까지 한 나를 아껴주고 있었습니다.

나만 그랬던 것이 아닙니다. 남편도 역시 참고 참고 또 참고 살 때가 있습니다.

부부는 그렇게 나 한 번, 너 한 번씩 빚지고 또 갚으며 살아갑니다. 부부에게 사랑의 다른 이름은 그래서 '의리'입니다. 저는 사랑의 다른 이름을 비로소 알게 되었습니다.

그렇게 여자는 엄마가 되어가는 거겠죠(엄마~).

하나. 여자로 산다

# 삶

애 낳고 일하며 애 키우는 요즘
사랑이 아닌
살아내고 있다는 기분이 듭니다.

부부이기 때문에
부모이기 때문에

처음 마음처럼 함께 살아가는 것이 아닌
그저 이 삶을 힘겹게 같이 살아내고 있는 기분.

당신과 살고 있는 남자가
달달하든
그렇지 않든

돈을 잘 벌든
그렇지 않든

잘생겼든
그렇지 않든

누구나 겪는 일입니다.
누구나 드는 생각입니다.

여자뿐 아니라
남자도 드는 생각입니다.

때로는 이렇게
살아내는 삶도
살아야 합니다.

남편과는 소개팅으로 만났습니다. 비가 오는 날 잡힌 소개팅으로 우리는 종각 근처 실내에 위치한 '반디앤루니스' 앞에서 만나기로 했습니다. 서점 앞에 도착한 저는 그에게 전화를 걸었습니다.

"저 도착했는데요. 어디 계세요?"

두리번거리던 중 전화 통화를 하고 있는 훤칠한 키의 남자가 한눈에 들어옵니다. 멋들어진 회색 정장에 은은한 개나리색 넥타이를 매고 있는 그는 흔치 않은 미남입니다.

그 짧은 순간에 저도 모르게 이런 생각을 했습니다.

'아, 오늘 소개팅 상대가 저 남자라면 얼마나 좋을까?'

영화에서도, 노래 가사에서도, 심지어 실제 상황에서도 이런 경우 정말 저 남자만 아니었으면 하는 사람이 제 소개팅 상대가 됩니다. 하지만 저의 현실에서는 말도 안 되게 제가 첫눈에 반한 그 남자가 바로 저의 소개팅 상대였습니다.

우리는 그렇게 연인으로, 이어서 평생의 동반자로 부부 사이가 되었습니다. 행복해 보여야 한다는 강박도, 가식도 없었고, 진심으로 행복했습니다. 우리의 처음 마음처럼 결혼 생활은 너무도 행복했습니다.

그렇게 일 년이 흐르고, 이 년이 흐르고, 삼 년이 되어 아기를 갖고, 또 그렇게 아기의 돌을 맞이하고, 지지고 볶으며 살다가 문득 깜짝 놀랐습니다. 함께 살아가는 것이 아니라 우리 부부가 묵묵하게 지금의 이 삶을 살아내고 있다는 것을 알았기 때문입니다.

처음에는 그 사실을 받아들이기가 너무 힘들었습니다. 살아가는 것이 아닌 살아내는 기분, 저는 차마 이 기분을 온전히 받아들일 수가 없었습니다.

하지만 얼마 후, 이것이 삶이란 생각을 담담하게 받아들입니다. 함께 살아가다가 살아내고, 다시 또 처음처럼 살아가다가 묵묵히 살아내고, 처음보다 더 애틋하게도 살아가다가 또 치열하게 살아냅니다.

이것이 인생이고 우리네 부부의 삶입니다.

누구나 겪고 누구나 드는 생각입니다. 힘들어도 그 살아내는 시간을 현명히 견딜 필요가 있습니다.

때로는 살아내는 삶도 살아야 하니까요. 살아내는 삶도 분명 우리 삶의 일부입니다.

그것이 우리네 삶이 아닐까 합니다.

### 🚶 살아내는 삶 극복법

1. 일단 받아들인다. 살아내는 것도 원래 부부 삶의 일부라는 것을 인정한다.

2. 초점을 그가 아닌 내게로 가져와 맞춰본다.

3. 그에 대한 기대를 낮춘다. 그게 어렵다면 내 기대 사항을 그에게 정확한 문장으로 또박또박 말해서 알려준다(남자들은 명확한 문장으로 말짱한 정신에 말해줘야 이해하고 인지하는 특성을 지녔다).

4. 의도적으로 서로의 추억거리를 만든다. 사진 찍기, 가까운 곳으로 여행 가기, 서로 좋아하는 맛있는 음식 먹기, 아이 맡기고 영화 보러 가기, 쇼핑 가서 서로 옷 골라주기, 함께 카페 가서 커피 마시기 등의 일상적인 일을 한다. 아이를 낳으면 이런 별것 아닌 일상적인 일들이 정말 의도적인 노력을 요하는 일이 되니까 말이다.

5. 어차피 그 남자만이 내 인생의 유일한 남자라고 생각한다. 원래 다른 옵션은 없었던 것처럼 말이다.

6. 아이보다 나에게, 그리고 우리 부부에게 집중한다.

7. 마지막으로, 개인적인 취향이지만 시간을 내서 영화 〈어바웃 타임About Time〉을 본다(영화관에 갈 시간이 없는 워킹맘에게 집에서 몇천 원으로 볼 수 있는 VOD는 정말 너무나 감사한 서비스다).

'내가 뭐가 부족해서……. 이럴 줄 알았으면 결혼을 안 하는 건데!' 아마 결혼을 안 했더라면 '아, 내가 그때 그 남자를 잡았어야 했는데…….'라는 후회를 할지 모릅니다. 아무리 잉꼬부부처럼 보이는 사람들도 다 살아내다가 살아가다가 또 살아내게 마련입니다.

나만 유별난 게 아닙니다. 나만 이상한 게 아닙니다. 말을 안 해서 그렇지 모두 다 그렇습니다. 지금 살아내고 있다면 이제 곧 처음처럼 살아가는 삶이 또 옵니다.

하나. 여자로 산다

# 나는

나는 예쁘지 않다.
나는 날씬하지도 않다.
나는 입을 옷이 없다.
나는 변변한 새 가방도 없다.
나는 화장도 잘 못한다.
나는 헤어스타일도 별로다.


나는 더 이상 매력적이지 않은 걸까?


아니다.


나는 오늘이 가장 예쁜 날이다.
내일이 되면 나는 더 늙기에.
그러니 자신감을 갖자.


나는 오늘부터 살을 뺀다.
애 낳고 붙은 살은 내 잘못이 아니다.

천천히, 그러나 반드시 뺀다.

나는 입을 만한 옷을 기어코 사고 만다.
마음먹고 옷 살 시간을 내자.

나는 변변한 가방이 반드시 있다.
단지 예전 것일 뿐.
사실 가방은 그냥 가방이지 내 자존심이 아니다.

나는 화장 대신 매일 피부 관리에 신경 쓴다.
예쁜 피부가 최고의 화장이다.

나는 돌아오는 주말에
남편에게 애 맡기고 꼭 미용실에 가겠노라 다짐한다.
이번 주 내내 머리에 큰돈 쓸 마음의 준비도 할 것이다.

나도 내 매력에 의문을 품는다면

누가 나를 매력적이라고 생각해줄까요?

매력의 가장 기본은
'외모'가 아니라 '자신감'입니다.

나는 참 매력적입니다.
사실 오늘이 내가 가장 예쁜 날입니다.

누가 말해주길 기다리지 말고
내가 나에게 말해주면 됩니다.

나는 참 매력적인 여자라고요.

애를 낳고 겪은 가장 큰 상실감은 오랜만의 외출을 준비할 때 불현듯 찾아옵니다. 매일 집에만 있다가 정말이지 오랜만에 외출 기회가 찾아옵니다. 하지만 도무지 입을 옷이 없습니다.

정확히 말해 옷장에 옷은 가득한데 내 손에 잡히는 입을 만한 옷이 없다는 뜻입니다. 임신 전에 입던 옷들은 꽉 끼어서 안 맞고, 임신했을 때 산 옷들은 모두 펑퍼짐해서 맵시가 나질 않습니다.

'이럴 줄 알았으면 오늘 입게 진작 옷 좀 사둘걸……'

후회가 밀려오지만 당장 외출 시간은 다가오고 한숨만 나옵니다. 어떻게든 옷을 걸치지만 외출 내내 집에 들어가고 싶은 마음이 가득합니다. 당연히 오랜만의 외출이 유쾌할 리가 없습니다. 이런 기분 상태에서는 남편과 싸울 확률도 다분히 높아집니다.

이렇게 한껏 기대했던 외출은 우울한 날로 변합니다.

여자의 심리 상태가 건강한지 그렇지 않은지는 판단하기가 참으로 쉽습니다. 그녀의 '외모'로 아주 쉽게 판단할 수 있으니까요.

평소 옷도 잘 입고 표정도 언제나 밝던 여자 후배의 옷차림이 영 이상합니다. 부쩍 화장도 안 하고 꾸미질 않으니 못생겨졌습니다. 열에 아홉은 심리적으로 안 좋은 일이 있는 것입니다. 회사 나갈

궁리를 한다든가, 사람과의 관계에서든 금전적으로든 지금 문제가 있다는 징후입니다.

불행한 여자는 자신의 외모를 돌볼 마음의 여유가 없습니다. 반면 꾸미는 여자는 행복한 여자입니다. 그래서 자신을 가꾸는 일을 절대 아기 돌보기 다음으로 미루지 말 것을 권합니다. 20세기 여성에게 자유를 선사한 코코 샤넬의 말을 기억하세요.

자신을 꾸미는 일은 사치가 아니다.
-코코 샤넬

여자에게 자신을 가꾸는 일은 결코 사치가 아닙니다. 특히 애 낳은 여성에게 더욱 그렇습니다. 엄마이기 때문에, 바빠서, 겨를이 없어서, 체력이 안 돼서, 돈에 쪼들려서 꾸미는 일이 사치가 되면 안 됩니다. 절대로 안 됩니다.

영원히 여자에게, 치장은 사치일 수 없습니다.

# 숙명

애 낳는 순간

그렇게 끝이 나버린

여자로서의 삶.

문득 애 낳은 여자 선배의 말이 떠오릅니다.

"여자는 애 낳는 순간, 여자로서의 삶은 그걸로 끝이야!"

많이 공감한 말입니다. 하지만 공감하되, 동의할 수는 없는 말입니다. 애 낳은 여자도 온전한 여자로, 그리고 남편과 '의리'가 아닌 '사랑'으로 살 수 있습니다. 그 방법은 아주 쉽습니다. 애 낳은 후에도 나는 여자로, 사랑으로 살겠노라고 선택만 하면 됩니다.
우리는 얼마나 많은 순간을 후회하고 사는지 모릅니다. 그 후회의 맨 처음 시작점은 바로 옳지 않은 선택이었습니다.
애 낳은 여자의 가장 중요한 선택은 아름다운 여자로서의 삶과 사랑을 포기하지 않는 것입니다.
애 낳은 여자도 온전한 여자로, 또 사랑으로 살 수 있습니다.
내가 그 삶을 선택만 한다면 말이죠.

# 그냥 여자

나는 스타벅스에 커피 마시러 오지 않습니다.
나는 여기에 땡땡이치러 옵니다.
나는 쉬러 옵니다.
나는 책 쓰러 옵니다.
나는 생각을 하러 이곳에 옵니다.

연차 내고 쉬는 날
평상시처럼 집을 나서서
사무실이 아니라 스타벅스로 출근합니다.

그야말로
이런 것이 하얀 거짓말입니다.

초록색 앞치마를 입은 언니가 웃으며 반겨줍니다.
라떼도 마시고
따뜻하게 데워주는 크로크무슈도 먹으며
나는 먹고, 읽고, 쓰고, 쉽니다.

하나. 여자로 산다

그렇게 몰래 쉬고 나면
나는 또 미안합니다.

하지만 그 미안함으로
다시 또 열정을 다해
애도 키우고 일도 합니다.
나는 슈퍼 워킹맘이니까요.

나도 충전이란 것을 해야
일도 하고 애도 키울 수가 있습니다.

그대, 잊고 있었나요?
사실 나도 애 낳기 전에는
연약한 여자였다는 것을요.

아직 기억하나요?
엄마인 나도 여자라는 것을요.

애를 낳고 내가 이리도 강한 여자였는지 스스로 감탄할 때가 있습니다. 씩씩하고, 당차고, 대범하기가 장군감입니다. 하지만 때로는 그런 에너지가 공격적으로, 또 방어적으로 변하기도 합니다. 하루는 회사 선배가 제게 이런 말을 했습니다.

"은영아, 요즘 너 애가 왜 그렇게 공격적이고 방어적이냐?"

그 말을 듣고 항상 바짝 긴장해 있던 몸에 힘이 풀렸습니다. 애를 낳고 복직 후 워킹맘의 삶을 산 이후에 저는 항상 몸에 힘을 잔뜩 주고 긴장해 있었습니다. 출근해서 일을 하고, 퇴근 후에는 또 아이를 봐야 하고, 직장인들이 오매불망 기다리는 주말에는 풀타임으로 육아에 전념해야 했으니까요.

그야말로 주 7일 풀타임 근무를 1년 넘게 해온 것 같았습니다.

그래서 스스로 나는 절대 아파서도 안 되고, 항상 시간을 쪼개 써야 한다고 주문을 걸었습니다. 행여 누가 이런 빠듯한 내 시간을 방해할까 봐, 혹시 내가 실수해서 이 꽉 짜인 삶이 흐트러질까 봐 온몸에 힘을 주고 살고 있던 터였습니다.

그러던 중 선배의 그 한마디는 제게 이런 생각이 들게 해주었습니다.

하나. 여자로 산다

'이런 내 태도가 오히려 나를 힘들게 하는 건 아닐까?'

상대방에게 공격적이고 방어적이니 회사 생활뿐 아니라 남편과도 소소한 다툼이 많던 참이었습니다.

이 글을 읽는 당신이 워킹맘이라면 지금 자기 자신을 한번 돌아볼 것을 권합니다. 내 몸 구석구석의 에너지를 한번 느껴보라고 말입니다.

내가 나 스스로를 너무 꽉 조여 매고 있지는 않은지, 그 작은 옷에 너무 꽉 쪼여 숨이 차지는 않은지, '누구든지 나 건드리기만 해봐.'라는 방어적 태도는 아닌지 말입니다.

다 잘하지 않아도 됩니다.

어차피 다 잘하기란 원래 불가능했습니다.


조금 실수해도 됩니다.

조금 흐트러져도 됩니다.


우리는 원래 엄마이기 이전부터 훨씬 오랫동안 '그냥 여자'로 살았으니 말이죠.

### ♀ '그냥 여자' 체험 이벤트

아주 오랜 세월 아이 엄마가 아닌 '그냥 여자'로 산 당신에게 다음과 같이 '그냥 여자' 체험 이벤트를 추천합니다. 이 이벤트는 그다지 어렵지 않으니 꼭 실행에 옮겨보세요.

1. 우선 월간 캘린더를 아주 유심히 들여다봅니다.
2. 하루 연차를 낼 수 있는 날이 언제인지 꼼꼼히 따져봅니다.
3. 그리고 부장님께 개인적인 일로 연차를 낸다고 말합니다(아주 덤덤한 표정으로, 단호하게 말해야 합니다).
4. 그 날이 되면 평상시와 다름없이 출근하는 시간에 출근하는 옷차림으로 집을 나섭니다.
5. 평소에 읽고 싶었던 책이나 다이어리를 들고 집에서 제일 가까운 스타벅스에 가서 커피를 마십니다.

하나. 여자로 산다

6. 영화를 검색해 혼자 영화 한 편을 봐도 좋고, 스타벅스의 가장 편한 자리에 앉아 내려받은 영화를 한 편 보아도 좋습니다. 평상시 읽고 싶었던 책을 읽어도 좋습니다.

7. 복합쇼핑몰 등을 방문해 애 없이 요즘 유행하는 옷들을 자유롭게 구경합니다. 내친 김에 애 없이 홀가분하게 이 옷 저 옷 번갈아 입어가며 한두 벌 장만해도 좋습니다.

8. 평상시 제일 좋아하는 음식을 먹습니다(저는 주로 혼자 떡볶이를 사 먹습니다. 애 없이 혼자 우아하게 라면까지 시켜서 2인분을 냉큼 다 먹어 치웁니다).

9. 정 할 것이 없고 어떻게 시간을 보내야 할지 모르겠다면, 제게 카톡을 보냅니다(이은영의 카톡 아이디 'julie5135'로 검색해주세요. 무엇을 해야 할지 1:1 코칭해드립니다).

🔍 카톡 아이디 검색 방법 : 카톡 창 - 친구찾기 - 아이디 검색 - 'julie5135' 넣기

아랫집 워킹맘 언니로부터 이런 말을 들었습니다. "은영 씨처럼 하루 땡땡이치고 나왔는데 도무지 뭘 해야 할지 모르겠어요. 나 혼자 시간 보내는 법을 잊은 것 같아."

그냥 여자는 혼자 쉴 수 있는 법을 알고 있습니다. 아이 엄마는 혼자 시간을 보내는 법을 점차 상실합니다. 혼자 노는 능력을 모두 상실하기 전에 이번 달은 나도 '그냥 여자 놀이' 한번 해보는 게 어떨까요? 아이와 시간을 보내주지 못하는데 회사 쉬는 날 혼자 나가도 되냐고요? 제가 명확하게 대답해드리겠습니다.

"네! 그래도 됩니다."

혼자 잘 노는 엄마가 아이에게도 잘해줄 수 있습니다. 그냥 여자로 20년 넘게 살아온 우리도 가끔 그냥 여자처럼 살아야 숨도 쉬고, 스트레스도 풀리고, 에너지도 충전할 수 있으니까요.

대한민국, 같은 시대를 살고 있는 워킹맘 당신에게 묻습니다.

"이번 달 당신의 '그냥 여자 이벤트 데이'는 언제인 가요?"(그 날을 이은영의 카톡, 카카오스토리, 페이스북 아이디 'julie5135'나 블로그 'blog.naver.com/dreamleader9'로 알려주세요. 또 모르는 일입니다. 서로에게 든든한 워킹맘 친구가 될지도요.)

하나. 여자로 산다

# 아직도 인정할 수 없는 말

사랑?
그런 건 딱 애 낳기 전까지야.


애 낳은 부부는 정으로 산다.
아니, 의리로 산다.
부부는 연인이 아닌 가족이야.


사랑이 아닌 정과 의리로 산다는
그 말을
저는 아직도 인정할 수가 없습니다.


그래서 남편에게 문자메시지를 보냅니다.


오빠, 우리는 늙어서도 의리 말고 사랑으로 살자.
만약 그게 정 어렵다면
우리, 의리 반 사랑 반으로라도 살자.

사랑 없이 사는 부부는
상상할 수 없으니까.

하지만
애 낳은 부부도
사랑으로 살 수 있습니다.

어찌 생각해 보면
의리도 사랑의 조금 다른 모습이니까요.

애가 있는 사람들의 공통점을 하나 발견했습니다. 그것은 그들의 핸드폰 바탕화면, 카카오톡 프로필 사진, 블로그 대문화면 등 주변이 온통 애 사진뿐이라는 것입니다.

서로의 배우자 사진을 바탕화면에 둔 사람은 정말이지 단 한 명도 찾아볼 수가 없었습니다. 그래서 저는 생각했습니다.

'나는 결혼하고 애를 낳아도 무조건 핸드폰 바탕화면에 남편 사진을 넣어둘 거야!'

혼자만 결심한 것도 부족해 결혼 전 남편에게도 같은 다짐을 받아놓았습니다. 배우자의 핸드폰 바탕화면은 반드시 내 사진으로 사수하리라 굳은 결심을 한 것이죠. 저의 이런 모습에 이미 결혼을 한 선배나 언니들은 그저 미소만 지을 뿐이었습니다. 간혹 "애 한 번 낳아봐라. 그렇게 되나."라고 말하는 사람도 있었습니다.

결혼하고 3년 뒤 애를 낳고 보니 선배들의 묘한 미소가 무엇이었는지 이제 알겠습니다. 당연히 핸드폰 바탕화면 사진을 포함해서 남편과 제 주변에는 온통 애 사진뿐입니다. 왜 내 사진은 없냐고 투정 부릴 생각은 조금도 나지 않습니다.

그만큼 부부의 공통 관심사는 오직 하나입니다. 우유 달라고, 놀아

달라고, 자기만 봐달라고 연신 울어대는 작은 아기 딱 한 명입니다.
그렇게 연인이었던 남녀는 부부가 되었고, 또 아빠 엄마로 완성되
는 순간을 맞이했습니다. 핸드폰 바탕화면의 아기 사진처럼, 시간
이 흘러 애를 낳은 후에는 이 말이 그렇게 거슬리더군요.
'애 낳은 부부는 사랑이 아니라 의리로 산다.'
전 같으면 펄쩍 뛸 말이지만 결혼하고 애까지 낳고 보니 저도 어느
정도 내공이 쌓였나 봅니다. 담담히 남편에게 문자를 보냈으니까요.
"오빠, 우리는 늙어서도 의리 말고 사랑으로 살자. 만약 그게 정 어
렵다면, 우리 의리 반 사랑 반으로라도 살자."
이게 무슨 상황인지 잘 이해가 안 가는 공감 능력 50%짜리 우리
남편은 "그래, 그러자!"라는 짧은 답장을 보내줍니다. 짧은 답장이
지만 우리는 분명히 합의했습니다.
늙어서도, 세월이 지나 혹시 애가 한 명 더 생기더라도 우리는 계
속, 아니 적어도 사랑 반 의리 반으로 살고 있을 겁니다.
의리가 100%가 되는 순간은 우리 부부에게 일어나지 않을 겁니다.
절대로 말입니다.

## 남편과 의리 말고 사랑으로 살기 프로젝트

지금 당장 핸드폰을 꺼내서 이렇게 메시지를 보냅니다.

"남편, 우리는 늙어서도 의리 말고 사랑으로 살자. 만약 그게 정 어렵다면, 우리 의리 반 사랑 반으로라도 살자."

남편의 답장이 기대됩니다. 어떤 답장이 오든 반드시 합의하세요. 그러면 부부는 의리 아닌 사랑으로 살 수 있습니다.

# 외모의 탄생

내 바짝 메마른 피부,
내 윤기 없는 거친 머릿결,
내 퀭한 눈동자,
내 축 늘어진 살들.

그 대신

내 아이의 보송보송한 피부,
내 아이의 부드러운 머릿결,
내 아이의 초롱초롱한 눈동자,
내 아이의 팽팽하고 매끈한 살결.

거울 보기 싫을 만큼
초췌한 내 외모는
내가 가진 최고의 것을
아이에게 주어 그런 것입니다.

내 아이는
엄마가 가진 최고의 것을 다 주어
그렇게 탄생되었습니다.

내 최고의 것들을 모두 주었으니
내 몸이 지금 잠시 힘든 것입니다.

그러니
그 상태를 온전히 받아들이고
너무 조급해하지 말고
기다립시다.

아기가 열 달을 기다리며
예쁘고 곱게 만들어진 것처럼 말이죠.

저도 스물여섯 살 처음 회사에 입사했을 때만 해도 귀여운 막내, 예쁜 후배로 불렸던 적이 있었던 것 같습니다. 애 낳고 워킹맘이 된 지금은 '곱게 늙었다'라는 표현만으로도 감지덕지합니다. 그냥 늙은 게 아닌 곱게 늙는다는 것, 참 중요한 일이니까요.

아무리 원래 예쁜 사람도, 아주 돈이 많은 사람도 세월이 흘러가는 것을 막을 수는 없습니다. 원래 예뻤던 연예인이 점점 나이 드는 것이 싫어 성형을 하고 시술을 받아도 갓 데뷔한 10대 젊은 연예인을 따라갈 수는 없는 것처럼 말이죠.

그래서 우리는 '어떻게 흐르는 세월을 막을까?'가 아니라 '막을 수 없는 시간의 흐름 속에서 어떻게 나이 들까?'를 고민해야 합니다.

애를 낳고 복직하고 나니 아직 회복되지 않은 몸과 얼굴이 정말이지 참기 어려웠습니다. 점점 거울 보기가 싫어졌습니다. 여자가 거울을 보기 싫어진다는 것은 꽤 심각한 일입니다. 쇼핑을 즐길 만한 마음의 여유도 물리적인 시간도 없었습니다.

애 낳고 많이 망가진 나의 외모에 자신감이 점점 사라졌습니다. 외모의 자신감과 함께 제 삶의 에너지도 점점 사라지고 있었습니다.

그러던 중 어느 날 보았습니다. 제 딸의 매끈한 살결과 티 하나 없는 피부, 광채가 나는 머릿결을 말입니다.

'내가 가진 최고의 것들로 이 아이가 탄생되었구나! 그래서 내 것을 모두 내어주고 난 다음의 내 몸은 힘든 것이 당연하구나!'

이렇게 생각하니 더 이상 거울 속의 제 모습이 싫지 않았습니다.

'내 것을 아이에게 모두 주고 이렇게 예쁜 아이가 태어났으니 나는 그것으로 되었다. 아기가 내 배 속에서 열 달을 기다렸듯이 나도 조급해하지 말고 천천히 회복해나가자!'

저는 비로소 망가진 제 몸과 마음을 들여다볼 수 있게 되었습니다. 이제는 더 이상 애 낳기 전의 제 모습으로 돌아가길 바라지 않습니다.

그저 멋지게 나이 든 몇몇 선배들처럼, 아름답게 나이 든 그녀들처럼 그렇게 세월의 흐름을 받아들이기로 했습니다.

제아무리 발버둥 쳐도 20대의 예쁨을 따라갈 수는 없습니다. 하지만 30대는 20대가 가질 수 없는 '아름다움'을, 40대는 20, 30대가 가질 수 없는 '우아한 미'를 뽐낼 수 있습니다.

우리는 그렇게 나이 들어가면 됩니다. 젊어지는 게 아닌, 곱게 나이 들면 되는 일입니다. 그렇게 늙어야 아름다울 수 있습니다.

그래서 저는 지금 늙는 중이 아닙니다. 아름답게 나이를 먹는 중입니다(혹시 또 모르는 일입니다. '김희애' 씨처럼 나이 들 수 있을지도요. 김희애 씨, 죄송합니다~).

## 👪 곱게 늙는 법

1. 시간이 없더라도 피부 관리실 10회 이용권을 끊을 것을 꼭 추천합니다. 동네에 저렴한 피부 관리실은 반드시 있게 마련입니다. 출퇴근 시 그냥 걷지 말고 꼼꼼히 건물 간판을 보며 다니다 보면 발견할 수 있을 겁니다(저 또한 10회 끊은 후 3달 동안 가지 못하고 있습니다. 하지만 피부 관리를 받을 때는 '내가 이래서 돈 번다.'라는 기분을 확실히 느낄 수 있습니다).

2. 건강보조식품은 필수입니다. 제가 추천드리는 것은 더블엑스 종합비타민 무기질, 오메가3, 칼슘, 식물성 푸로틴, 아세로라 비타민C입니다. 반드시 점점 나이 드는 몸을 위해서 우리는 적극적으로 무엇인가를 해야만 합니다.

3. 옷은 반드시 주기적으로 장만해야 합니다. 아끼지 말고, 아이에게 양보하지 말고 반드시 분기에 한 번이라도 새 옷을 장만합시다.

4. 제 외모의 변화를 딱 반으로 나누자면 고데하기 전과 후로 나뉩니다. 드라이어로 머리에 볼륨을 넣는 것과 넣지 않는 것 또한 굉장한 차이가 납니다. 곱게 늙는 법의 반은 머리 드라이발이라 해도 과언이 아닙니다.

하나. 여자로 산다

5. 마스크팩만큼 저렴하고 간단하게 피부를 관리할 수 있는 방법은 이 세상에 없는 것 같습니다. 워킹맘은 대부분 1번에서 언급한 피부 관리실에 갈 시간적 여유가 없기 때문에 집에서 마스크팩으로 하는 셀프관리가 중요합니다.

여성의 피부계에는 전설적으로 이런 명언이 존재합니다.

'20대까지는 타고난 피부로 산다. 30대부터는 관리된 피부로 산다.'

우리는 이미 가지고 태어난 것을 모두 사용했기에 이제부터는 어떻게 관리하느냐의 싸움입니다. 저는 이 싸움의 강력한 무기로 아티스트리 유스 익스텐드를 애용합니다. 30대 이상의 피부관리 성패는 단연 마스크팩을 이용한 셀프관리라 할 수 있습니다.

6. 운동은 당장 시급하지는 않지만 정말 중요한 일입니다. 사실 운동은 곱게 늙기 위해서라기보다 살기 위해 합니다. 하지만 운동 효과와 함께 미도 같이 가져다주니 일주일에 한 번이라도 반드시 시간을 내어 합니다. 저는 저녁에는 아이를 돌봐야 하기 때문에 새벽 5시 30분에 일어나서 가벼운 운동 30분 정도를 하는데, 일주일에 이렇게 2~3번은 꼭 합니다. 그나마 짬을 낼 수 있는 시간을 정해서 30분만 운동에 투자해보세요.

# 결혼할 남자 구별법

이 남자가 결혼할 남자일까,
아닐까.
지금 사귀는 이 남자가 남자친구로 끝날까,
아니면 남편으로까지 이어질까.

결혼 안 한 여자들은 궁금합니다.

결혼해보니
결혼할 남자 구별법을 알게 되었습니다.

이 남자보다
돈 많고
잘생기고
더 조건 좋은 사람은 있겠다……,

하지만
이 남자보다

내게 더 좋은 사람은 없을 것 같다……,
이런 느낌.

조건 좋은 소개팅 제안 앞에
자신 있게
한 치의 망설임 없이

"저 남자친구 있어요."
라고 말할 수 있는
결단.

그렇게 말할 수 있는
남자친구라면

그 사람이
당신의
결혼할 남자입니다.

설령 지금 사귀는 남자가 있을지라도 조건 좋은 소개팅 제안 앞에 자신 있게 "저 남자친구 있어요."라고 말하기란 참 어렵습니다. 결혼 전에 항상 우리는 '가능성'을 열어두게 마련이니까요.

이 사람보다 성격 좋고, 이 사람보다 잘생기고, 분명히 조건 좋은 남자가 어디서 나타날 것 같은 기분…….

자연스러운 현상입니다. 결혼 전 누구나 드는 생각입니다.

하지만 그럼에도 불구하고 지금 내 남자친구보다 성격 좋고, 잘생기고, 직업 좋고, 돈 많은 사람은 있어도 '이 사람보다 내게 더 좋은 남자는 더 이상 없을 것 같다.'라는 느낌이 들 때가 있습니다.

그렇다면 그 사람은 미래의 남편이 될 확률이 매우 높습니다.

지금의 신랑을 만날 때가 그랬습니다.

'이 사람보다 조건 좋은 남자를 또 만날 수는 있을 것 같다. 하지만 이 사람보다 좋은 남자는 더 이상 못 만날 것 같다.'

'좋은 남자'는 많은 뜻을 내포하고 있습니다. 그것은 단순히 내가 좋아하는 그 이상을 의미합니다. 이 사람의 온화한 성품이 좋고, 밝은 성격이 좋고, 든든한 남자다움이 좋고, 잘 통하는 우리의 대화가 좋습니다.

하나. 여자로 산다

이런 저를 시험이라도 하듯이 지금의 남편을 사귀던 중 아주 괜찮은 소개팅 자리가 들어왔습니다. 전 같으면 아마 은근슬쩍 남자친구 없는 체하며 한번 만나라도 보자 싶을 정도로 꽤 좋은 자리였습니다.

하지만 조금의 망설임도 없이 "저 남자친구 있어요."라고 말했던 기억이 납니다. 아주 좋은 소개팅 제안이었지만 전혀 아쉽지 않았습니다. 왜냐하면 저는 분명히 알고 있었으니까요.

'지금의 이 사람보다 더 좋은 남자는 내 인생에 더 이상 없을 것 같다.'라고 말이죠.

제 몸의 모든 감각이 그렇게 말해주고 있었습니다.

그런 기분이 들어야 진짜 결혼할 남자입니다. 자꾸만 '지금의 이 남자보다 더 좋은 남자가 있을 것 같다.'라는 기분이 든다면 그 사람은 그저 딱 '남자친구'까지입니다.

'남자친구'가 '남편'으로까지 이어지려면 그 이상의 느낌이 필요합니다.

'이 사람보다 조건 좋은 남자는 있어도, 이 사람보다 더 좋은 남자는 없을 것이다.'라는 확신.

이것이 결혼할 남자 구별법입니다.

그래서 저는 지금 그 남자랑 살아서 행복하냐고요?

말씀드렸지 않습니까! 원래 내 선택지에 다른 옵션은 없었던 것처럼, 내 인생에 이 남자 말고 다른 남자는 없었던 것처럼 살자고요. 그래서 저는 당연히 제 인생의 유일한 남자와 살고 있으니 참 행복할 수밖에요.

자, 이제부터 주문을 겁니다. 내가 미처 잡지 못한 그 남자는 원래부터 내 인생에 없던 사람입니다. 지금 같이 살고 있는 이 남자만이 내 인생의 유일한 옵션이었습니다. 다른 선택은 없습니다. 그러니 그와 행복해야 내가 행복합니다. 여러분 인생의 유일한 그 남자를 많이 사랑해주세요.

# 누가 데리고 잘까

자꾸만
망설여지는 고민.

짜장면 먹을까,
짬뽕 먹을까?
차가운 커피 마실까,
뜨거운 커피 마실까?
헤어질까,
말까?

요즘 가장 큰
내 고민.

퇴근 후 피곤한데

내가 데리고 잘까,
못 이기는 척 어머님 방에 맡길까?

아기를 데리고 자면 확실히 피곤합니다. 몹시 피곤합니다. 아기들은 왜 그런지 자다가 최소 한 번 이상은 "엥~." 하며 울음소리를 냅니다. 엄마는 깊은 잠이 들었어도 아기 소리에는, 특히 울음소리에는 참 민감하게 반응하게 됩니다. 아기의 작은 뒤척임에도, 조금 거칠어진 숨소리에도 행여 자는 동안 무슨 문제가 생겼을까 자동 반사적으로 눈이 번쩍 떠집니다.

도무지 이불이라는 걸 덮을 줄 모르는 아기에게 이불도 덮어주랴, 자다가 땀 흘리면 땀 닦아주랴, 바지가 돌돌 말려 허벅지까지 올라가면 바지 내려주랴, 굴러 굴러 벽 한쪽 모서리 구석에 가 있으면 다시 폭신한 이불 가운데로 옮겨 오랴 도무지 깊은 잠을 잘 수가 없습니다.

새벽같이 일어나 회사에 출근해야 하는 엄마도 사람인지라 매일 밤 두 가지 마음 앞에 선택을 해야 합니다.

한 가지 마음은 이렇게 말합니다.


'너무 피곤해. 내일은 중요한 보고도 있단 말이야.
나도 밤에 한 번도 안 깨고 푹 좀 자보자.'

하나. 여자로 산다

다른 마음은 이렇게 말합니다.

'하루에 애 얼굴 몇 시간이나 본다고 그래.
같이 못 있어주니까 잠이라도 같이 자야지.
너는 무슨 엄마가 이러냐?
자기 피곤한 것만 알고 말이야.'

엄마와 엄마의 배 속에서 태어난 아기는 보이지 않는 실로 서로 연결되어 있다고 합니다. 그래서 아기가 아프거나 밤에 뒤척일 때도, 아기가 울 때도 그 보이지 않는 실 때문에 엄마는 금세 아기의 상태를 알아차릴 수 있다고 말입니다.
그렇게 실로 연결되어 있기에 잘 때만큼은 아기를 엄마가 데리고 자야 한다고 누가 일러주었습니다. 하지만 오늘 밤 저는 이렇게 말할 것 같습니다.
"그 실은 무척 기니까 엄마는 옆방에서 자도 괜찮아."

피로 앞에 장사 없습니다.

정신력은 체력의 뒷받침 없이는 나약하기 짝이 없고 너무 부실합
니다. 죄책감 갖기 전에 체력 먼저 돌보세요. 그게 아이에게도 또
나에게도 좋습니다.
경우에 따라 따로 자도 괜찮은 날은 같이 안 자도 됩니다.

당신도 좀 쉬어도 됩니다.

하나. 여자로 산다

## 전생에

전생에 뭐였을까?

······

아마 '소'?

왜?


일하다 지쳐 죽은 소······.


이것은

대한민국 모든 워킹맘의

'전생'임이 분명합니다.

여자라고 해서 오전 근무만 하고 집에 보내주지 않습니다. 또 야근이 없는 것도 아니고, 회사에서 일을 반만 주는 것도 아닙니다. 일은 남들과 똑같이 하는데, 육아라는 이름 앞에, 엄마라는 이름 앞에 남자와 여자는 참 많이 다릅니다.

오늘도 대한민국 워킹맘들은
회사 퇴근 후
다시 집으로 출근합니다.

힘겨운 하루를 마치고 내일 아침 눈뜨면, 또 회사로 출근하고 퇴근해서 다시 집으로 출근합니다.

전생에 일하다 지쳐 죽은 소가 분명합니다.

# 몹쓸 병

몹쓸 병에 걸렸습니다.
고칠 수가 없는 병입니다.


자고 있는 아이를 봐도,
울고 있는 아이를 봐도,
웃고 있는 아이를 봐도,


출근할 때도,
일을 할 때도,
밥을 먹을 때도,
퇴근을 할 때도,
신발도 제대로 못 벗고
아이와 비로소 마주할 때도


나는 아이에게
항상 미안합니다.
너무너무 미안합니다.

중병입니다.
큰 병입니다.
불치병입니다.

큰일입니다.

이번 생에 못 고치는
엄마들이 걸린다는
몹쓸 병입니다.

아이가 목이 다 늘어난 티셔츠를 입고 있습니다. 흡사 찜질방에서 나눠주는 찜질복의 느낌입니다.

아이의 손톱이 길다 못해 한 귀퉁이가 부러져 있습니다. 언제 그랬는지 몰라도 참 아팠을 것 같습니다.

아이가 자꾸 제 얼굴을 때립니다. 작은 아기의 손이지만 제대로 뺨을 맞아 눈에 별이 보일 지경입니다. 내 뺨이 아프다는 생각보다는 '아기가 사랑이 부족한가?' '뭔가 불만이 있나?' 싶은 생각에 가슴이 철렁 내려앉습니다.

아기가 잠을 자고 있습니다. 그 모습이 왠지 애처롭습니다.

아침 일찍 일어나 "엄마!" 하며 울먹이듯 제게 안깁니다. 안 그러던 녀석이 제 몸을 온전히 제게 기대어 맡깁니다.

배가 고팠는지 바나나 한 개를 허겁지겁 다 먹습니다. 누가 보면 굶긴 줄 알겠습니다.

분리수거를 위해 모아둔 페트병들을 가지고 잘도 놉니다. 아주 좋다고 입이 헤벌쭉합니다. '녀석, 제대로 된 장난감도 없나…….' 하는 생각으로 마음이 불편합니다.

출근길 방금 닫고 나온 현관문 틈새로 내 아이의 시퍼런 울음소리가 들립니다. 심장에서 가장 가까운 살이 칼로 도려내지는 것 같이 아픕니다. 실제로 그래본 적은 없습니다. 하지만 딱 이 느낌일 것 같습니다. 가슴이 미어집니다.

퇴근길 마트에 들러 사 온 아기 티셔츠가 너무 작습니다. 나는 아이 옷 사이즈도 제대로 알지를 못합니다. 아이는 그렇게 내가 모르는 사이에 부쩍 자라 있었고, 또 아주 빠르게 자라고 있습니다.

아이와의 모든 일상의 순간에 엄마는 그저 미안합니다.

몸이 자라는 속도대로 제때 옷을 못 사준 것도, 아이의 손톱이 부러진 것도, 애가 내게 불만이 있는지 자꾸 때리는 것도, 나를 부르며 울먹이는 것도, 맘마를 잘 먹거나 잘 안 먹는 것도, 장난감을 잘 가지고 놀거나 잘 안 가지고 노는 것도, 잘 자거나 잘 안 자는 것도, 웃는 것도, 우는 것도 그저 다 미안할 따름입니다.

큰일났습니다. 아기가 어른이 될 때까지 절대 못 고칠 중병입니다. '미안함 병'입니다. 우리 친정어머니를 보니 자식이 장성해도 이 병은 고쳐지기 힘들 것 같습니다.

이렇게 엄마들은 중병을 몸에 단 채로 단단해지나 봅니다. 아주 단단한 마음을 갖게 된 여자들은 점점 당찬 아줌마로 변신해갑니다.

하나. 여자로 산다

# 누구의 잘못인가요?

아직 결혼 전인 제 친구는
남자친구가 옆에서 잠든 모습만 봐도
너무 귀엽고 사랑스러워 깨물어주고 싶다고 합니다.

정말 이상합니다.
그런 감정은 애한테만 해당되는데 말입니다.

특히 요즘에는
잠든 남편 얼굴 보면
미워서 막 꼬집어주고 싶습니다.

결혼 전인 친구의 말에
문득 이런저런 생각들이 납니다.

그러고 보면 변한 쪽은 어쩌면
상대가 아닌
나일지도 모르겠습니다.

책상 정리를 하다가 우연히 낯선 편지를 발견한 적이 있습니다. 그냥 버릴까 하다가 혹시나 하는 마음에 열어보았는데, 제가 결혼 전 남편에게 쓴 연애편지였습니다. 편지의 내용은 얼마나 내가 당신을 사랑하는지 주로 그런 내용들이었습니다. 정말이지 온몸이 오그라들어서 도무지 한 줄도 편안하게 읽어 내려갈 수가 없었습니다.

'아, 나도 이런 시절이 있었구나!'

문득 조금 서글퍼졌습니다. '분명 몇 년 전에는 나도 이럴 때가 있었는데…….' 지금은 낯간지럽고 거북스러워 그런 말을 하기는커녕 쓰여 있는 글들을 읽기조차 힘이 드니 말입니다.

"오빠 마음이 예전 같지 않아!"

"전처럼 날 사랑하는 게 안 느껴진다고!"

이런 말들로 죄 없는 남편을 참 많이도 괴롭혔습니다. 그래서 문득 미안한 마음이 들었습니다. 어쩌면 변한 쪽은 그가 아닌 나일 수도 있다는 생각 때문입니다.

잠시만 찬찬히 생각해봅시다.

하나. 여자로 산다

변한 쪽은 그인가요,
아니면 나인가요?


이 질문에 대답이 올바로 나와야 앞으로 변해야 할 사람이 누구인
지에 대한 바른 답이 나올 수 있습니다. 틀린 질문을 던지는데 맞
는 답이 나올 리가 없으니까요.
누구의 잘못인가요?
변한 사람은 과연 누구인가요?

# 여성의 길

회사에서 여성은 이미 알고 있습니다.
여성의 길은 이미 정해져 있습니다.

여성은 일하다가
결혼을 하고
애를 낳고
출산휴가를 갔다가
복직을 해서
일하고
일하고
육아의 어려움을 겪으며
그래도 버티며
일하고
일하고
일하며
조직의 가장 위까지
올라가는 것입니다.

이미 여성의 길은 그렇게 정해져 있습니다.
자신도 알고 있는 여성의 길입니다.
모르는 체하지 마십시오.

우리 여성은 이미 알고 있으니
이제 남은 과제는
남자 너희들이 너희들의 길을 찾는 것입니다.

진짜 걱정되는 것은
여자가 아니라
'남자'입니다.

여자의 길은 이미 정해져 있습니다. 결혼 앞에, 출산 앞에, 어린이집 앞에, 아이의 초등학교 입학 앞에 퇴사를 옵션으로 가져가지 않는 것입니다. 일은 원래 계속 하는 것이고, 퇴직 옵션을 제외한 채 그 밖에서 가장 현명한 해결책을 찾아야 합니다.

이제 대한민국의 걱정은 더 이상 여성이 아닙니다. 진짜 걱정되는 것은 남성입니다.

애 낳고 일까지 하는 여성들은 그네들이 참 잘도 알아서 합니다.


우리 여성은 우리의 길을 압니다.

이제 남성이 자신들의 바른길을 찾을 때입니다.

# 하루 바람

한 달에 한 번
찾아오는 마법 같은 일.

제게는 그런 날이 있습니다.

한 달에 한 번
둘째 주 월요일에 찾아오는
하루입니다.

그날 저는
'바람난 여자'입니다.

혼자 영화도 보고,
좋아하는 카페에 가
책도 읽고,
시외버스를 타고
교외에도 나갑니다.

평일에 쉬는 친구도 만나고,
애 낳기 전 즐겨 찾던 파스타집에도 가고,
혼자 몸으로
실컷 쇼핑도 합니다.

그렇게 신나게 놀다가
집으로 퇴근합니다.

한 달에 한 번
저는
그렇게
바람납니다.

"다녀오겠습니다." 아침 7시쯤 여느 평일처럼 저는 집을 나섭니다. 그리고 사무실이 아니라 조조영화를 보러 혼자 영화관에 갑니다. 사실 오늘 '회사 쉬는 날'입니다.

아기를 봐주시는 시어머님께 거짓말을 한 것은 아닙니다. "출근하 겠습니다."가 아니라 "다녀오겠습니다."라고 말했으니까요.

회사 지인들은 "부럽다." "독하다." "그렇게까지 놀고 싶냐?" "남편 전화번호 대라!" 등의 핀잔을 줍니다.

하지만 저는 이렇게 해서라도 꼭 쉬어야겠습니다. 이렇게까지 해 서라도 꼭 놀아야겠습니다.

왜냐하면 워킹맘도 '사람'이니까요. 저도 엄마 되기 이전 30년 가 까이를 '여자'로 살았으니까요. 사실 저도 연약한 여자이면서 놀고 싶고 쉬고 싶은 사람이란 말입니다.

워킹맘은 평상시에 쉬어도 쉬는 게 아닙니다. 자꾸 미안해지는 몹 쓸 병에 걸렸기 때문입니다. 사실 아이와 함께 시간을 보내며 쉰다 는 것은 그 자체가 거의 불가능에 가깝습니다.

그래서 제게는 쉬는 날 출근하는 이런 완벽한 장치가 필요합니다. 공식적인 회사 휴무일에, 저는 일찍 일어나 비공식적으로 출근해서 평소 퇴근 시간보다 한참 이른 시간에 집으로 돌아옵니다.

돌아오는 길에는 아기 간식거리, 시어머님 좋아하시는 과일이나 고기를 사 들고 퇴근합니다. 이것은 이 완벽한 하루를 마무리하는 일종의 의식과도 같습니다. 이렇게 맛있는 거라도 사 가야 마음이 한결 덜 무겁습니다.

한 달에 한 번 찾아오는 이 시간에 저는 제가 하고 싶은 것들을 마음껏 합니다. 그래봐야 그동안 보고 싶었던 책 한두 권을 하루 종일 읽는다든가, 분위기 좋은 카페에 몸을 숨기고 연신 자판을 두드려대는 일이 대부분입니다. 운 좋은 날에는 평일에 쉬는 친구를 만나 맛있는 것도 먹고, 쇼핑도 합니다.

이 일은 잘 모르는 사람들의 가십거리가 되기에 충분합니다. 특히나 "평소에도 애 잘 못 보는데, 꼭 그렇게까지 해서 놀고 싶냐."라는 말이 제일 아픕니다.

하지만 아프면서도 저는 꼭 그렇게 해서라도 놀고 싶습니다. 그래야 또 한 달을 힘 잔뜩 주고 월요일부터 금요일까지 열심히 일할 수 있으니까요. 또 금요일 저녁부터 일요일 밤까지는 아기와 신나게 놀아줄 수 있습니다.

그렇게 또 월요일을 맞이하고, 그게 4주 동안 지속되면 한 달에 한 번 찾아오는 이 마법 같은 시간을 포기할 수 없게 됩니다.

맞습니다. 이 시간은 제가 열심히 달릴 수 있도록 제게 주입되는 연료 같은 것입니다. 저는 그렇게 한 달에 한 번 바람나고, 그 힘으로 또 한 달을 열심히 바람처럼 달립니다.

하나. 여자로 산다

# 세 가지 순간

남자들이 가장 신경 써서
여자를 대해야 할 세 가지 순간이 있습니다.

임신 중,
출산 중,
수유 중.

여자의 몸으로 세상에 태어나
가장 여자답지 못하고
여성스러움을 포기해야 하는,

엄마라는 이름 앞에
많은 것을 희생하는 시기입니다.

그러니 남편들은
제발 보태지 마세요.
신경 써서 대해주세요.

당신 닮은 아이를 낳은 여자입니다.

당신 닮은 아이도 아이지만
그 아이를 낳은 여자,

그녀를 생각해주세요.

아껴주세요.

애 낳고 100일쯤 되기 전의 일입니다. 모유 수유의 고통이 여전히 지속되었고, 새벽에 꼬박 서너 번은 깨서 밤중 수유를 하고, 모유 생산을 위해 미역국을 사발로 마시던 즈음입니다. 아침 일찍 출근하는 남편을 위해 각방을 쓴 지도 약 100일쯤 되어가던 때였지요. 수유는 지금 생각해도 참 힘든 경험이었습니다. 모유가 아기 먹을 양만큼 나오지 않아도 내 탓, 너무 많이 나와도 내 탓, 양과 상관없이 아기가 잘 안 먹어도 내 탓, 아기의 변이 좋지 않아도 내 탓이었습니다. 그렇게 온통 '내 탓'투성이 속에서 살고 있었으니 말이죠. 몸과 함께 마음도 그렇게 참 많이 아팠던 시기가 수유를 했을 때입니다. 그즈음 남편은 제게 이런 말을 했습니다.

"은영아. 미안한 말이긴 한데, 침대 넓게 혼자 쓰니 참 좋다."

(환한 미소)

남편은 천진하게 웃으며 저런 말을 했습니다. 저는 지금도 가끔 그때가 생각나면 눈물이 찔끔 납니다. 얼마나 강렬한 인상이었던지, 이 책을 쓰는 동안에도 잊혀지지 않고 문득문득 떠오릅니다.

출산은 여자로서는 감당할 수 없을 만큼의 큰 변화입니다. 정신과 신체 중 하나의 변화로도 감당하기가 버거운데, 이것은 이 둘이 세

트로 함께 찾아옵니다. 남자들은 절대 경험할 수 없는 감사하고 신
비한 일이지만, 그 기쁨만큼의 고통이 함께 존재합니다.
그래서 남자들은 그들이 절대 경험할 수 없는 이 세 가지 순간에
여자에게 최선의 봉사와 헌신을 약속해야 합니다.

첫째, 임신 중.
둘째, 출산 중.
셋째, 수유 중.

남자들이 가슴속에 문신처럼 새겨 넣어야 할 중요한 '세 가지 순
간'입니다.

하나. 여자로 산다

# 세 가지 'ㅁ' 관리

일하며 애 키우는
워킹맘에게

꼭 필요한
세 가지 'ㅁ' 관리.

첫 번째,
몸 관리.

두 번째,
마음 관리.

세 번째,
미모 관리.

회사에 출산 동기들이 있습니다. 입사 동기처럼 많지는 않지만 비슷한 시기에 임신을 해서 그때부터 쭉 함께 고민을 나누던 소중한 출산 동기들입니다. 하루는 그들에게 사내 메신저로 이런 이야기를 했습니다.

"우리 출산 동기들이 관리해야 할 세 가지 'ㅁ'이 있다.

몸 관리.

마음 관리.

미모 관리."

출산 후 일하며 애 키우는 워킹맘들은 몸과 마음이 많이 지쳐 있습니다. 그래서 그 지친 몸과 마음이 미모에까지 지대한 영향을 끼칩니다.

여자들은 그녀들의 미모가 망가지는 순간, 의욕도 자신감도 생기도 사라지게 됩니다. 그래서 애 낳은 여자들은 의도적으로 이 세 가지 'ㅁ'을 꼭 관리해야 합니다.

몸, 마음, 미모.

세 가지 'ㅁ'관리, 꼭 기억해야 합니다.

하나. 여자로 산다

# 왕년에

왕년에 저도
셀카깨나 찍었습니다.
얼짱 각도뿐 아니라
얼짱 사진들도 꽤 많았습니다.

애 낳은 지금
사진 찍기가 무섭습니다.

그 안에
내가 아닌 웬 아주머니가
보일까 봐……
저는 두렵습니다.

그 안에
내가 아닌 애 봐주는 조선족 아줌마가
보일까 봐……
나는 참 두렵습니다.

여자가 외출을 준비합니다. 왕년에는 외출 장소와 날씨, 그뿐 아니라 자신의 기분까지 고려해서 여유롭게 옷을 고르곤 했습니다. 옷에 맞는 액세서리와 소품까지 챙깁니다. 곱게 화장하고 립스틱도 챙겨 바른 다음, 백과 구두까지 그날의 의상과 매칭한 후 집을 나섭니다.

이제 그 여자는 한 아이의 엄마가 되어 외출을 준비하게 되었습니다. 외출 준비물을 챙기느라 분주합니다.

아기 기저귀, 여벌의 옷, 물티슈, 소소한 간식거리, 분유, 따뜻한 물, 끓였다가 식힌 물, 보챌 때 쓰기 위한 장난감들, 이유식, 보냉팩, 아기 보리차 등을 챙깁니다.

그런 후 도망다니는 애를 잡아다가 억지로 억지로 옷을 입히고, 간식까지 떠먹여 가며 나설 채비를 합니다. 그러다 보면 정작 여자는 거울 한 번 볼 시간이 없습니다.

이 여자는 왕년엔 어딜 가나 인증샷을 남기는 사람이었습니다. 볼에 바람을 가득 넣어 예쁜 표정 지어가며 셀카도 참 많이 찍었습니다.

하지만 이제 여자의 핸드폰 사진첩에는 온통 아이 사진밖에 없습

하나. 여자로 산다

니다. 사진 찍을 시간도 없지만 사실 자기 모습을 사진으로 대면할
자신도 없습니다. 사진 찍는 데 이렇게 많은 용기가 필요한지 전에
는 미처 몰랐습니다.

엄마도 사실 왕년에는 여자였습니다. '왕년에'라는 말을 쓰는 날이
올지 그냥 여자였을 때는 미처 몰랐습니다.

# 식탁

결혼한 여자에게
식탁은
그냥 식탁이 아닙니다.

그녀들에게
식탁이란
단순히
밥만 먹는 장소가 아닙니다.

혼자 커피를 마시고,
혼자 책을 읽고,
혼자 노트북도 꺼내어 열고,
혼자 무엇인가 적기도 하고,
혼자 생각을 하기도 하는

그런 장소입니다.

여자들에게
식탁은

그래서
참
특별합니다.

서른이 넘어 제게 물질적인 욕망이 하나 생겼습니다. 그것은 좋은 차가 아닙니다. 더 넓은 평수의 집도 아닙니다. 더 굵은 보석 반지도 아닙니다. 더 최근에 나온 신상 백도 아닙니다.

저는 그렇게 제 '서재'가 갖고 싶습니다. 물론 서재를 가지려면 더 넓은 집이 필요할지도 모릅니다.

어릴 적에는 더 좋은 차가, 더 좋은 집이, 더 좋은 가방과 액세서리가 갖고 싶었습니다. 하지만 서른 넘어 지금까지 지속되는 제 단 하나의 물질적 욕심은 '서재'입니다.

제가 가진 책을 온전히 한 장소에 둘 수 있는, 아무리 어지럽혀도 괜찮고, 아주 넓은 책상이 놓인 저만의 서재를 갖고 싶습니다.

우리 집의 방 세 개는 하나가 안방, 다른 하나가 아이 방, 나머지 하나는 시어머님 방입니다. 제 책상은 안방 한구석에, 남편의 책상은 시어머님 방에 놓여 있습니다.

안방은 저만의 공간은 아닙니다. 그래서 온전히 책장과 책상만 있는 그런 저만의 서재가 갖고 싶습니다.

그래서 제가 차선책으로 선택한 곳이 주방의 식탁입니다. 식탁이야말로 모두가 식사할 때를 제외하고는 비어 있는, 밥 먹을 때를

하나. 여자로 산다

제외하고는 이용하지 않는 그런 곳이니까요.

그렇기에 식탁은 여자에게 참 특별한 공간입니다. 가끔씩 혼자 커피를 즐기며 조용히 책을 읽을 수 있는 나만의 공간이 바로 '식탁'입니다.

그렇게 식탁은 여자에게 특별한 공간이지만, 더 이상 식탁이 특별하지 않도록 내 서재 하나 생겼으면 합니다.

이 책이 잘되면 내 서재 하나 가질 수 있을까요? 딱 그만큼만 이 책이 유명해지기를, 그런 세속적인 욕심 하나 가져봅니다

(이루어지게 도와주실 거죠?)

# 나만

기저귀, 우유, 물티슈는
나만 시킨다.

이유식, 간식은
나만 챙긴다.

밤에 재우기도
언제나
나만의 몫이다.

그래도 아빠가 좋다니,
나도 남편이 좋다.

가끔은 여자로서의 삶이 억울합니다. 특히 워킹맘의 삶이라 더욱 그렇습니다. 남자와 똑같이 일하지만 여자는 엄마이기 때문에 더 많은 책임을 집니다. 일부러 그런 것이 아니라 너무나 자연스럽습니다.

아기의 음식 관련 일은 모두 엄마의 몫입니다. 주식은 물론이거니와 간식과 개월별 음료 챙기기도 온전히 저의 몫입니다. 밥을 잘 안 먹어도, 단 간식만 찾아도 그 책임과 신경 쓰임은 엄마만의 몫입니다.

아빠는 "배고프면 먹겠지, 뭐. 그냥 굶겨!" 등의 피드백이 전부입니다. 밥을 안 먹으면 아이가 잘 먹는 단 과자를 아예 밥그릇 한가득 부어줍니다.

아기의 용품을 챙기는 것도, 나이에 맞는 장난감을 알아보는 것도 엄마의 몫입니다. 아이를 재우는 것도, 같이 자다 보니 애 눈뜨는 시간에 같이 눈을 떠야 하는 것도 엄마의 일입니다.

주말이면 일하는 엄마도 쉬고 싶습니다. 일하는 엄마도 졸리기는 매한가지입니다. 일하는 엄마도 주중이면 치열하게 돈 버느라 애썼습니다. 하지만 여자는 애와 함께 잠들어 애와 함께 눈떠야 하고, 남편 눈뜨기에 맞추어 식사 준비를 해야 합니다.

남편 더 자라고 피곤한 몸 이끌고 새벽부터 놀이터에서 아이와 함께 놀다 들어오지만, 남편은 여전히 피곤한 기색이 역력합니다. 남편은 내 마음도 몰라주고 피곤한 컨디션 탓에 막무가내로 아이에게 소리를 질러댑니다.

아이도 막무가내, 아이를 대하는 남편도 막무가내입니다. 아이 한 명도 벅찬데, 우리 집에는 큰 애가 한 명 더 있습니다. 이 큰 애는 자존심도 세고 삐치기도 대한민국 1등감입니다. 덩치라도 작아야 들고 엉덩이라도 때리지, 덩치도 저보다 훨씬 더 큽니다.

하지만 남편과 비교해서 '나만 왜 일을 더 해!' '나만 왜 더 힘들게 살아!' 이래봤자 아무 이득이 없습니다. 그래서 '나만 증세'가 나타날 때는 아이 재우고 조용히 나와 아파트 앞 카페에 갑니다. 딱 세 가지만 챙기면 됩니다. 노트북과 책 한 권, 그리고 신용카드.

그렇게 여자의 힐링 아이템 카페라떼를 주문해 책도 읽고, 글자도 적다 보면 어느새 억울한 '나만 증세'는 온데간데없이 사라집니다.

'나만 왜 이래야 해?' '불공평해!' '억울해!' 이래봤자 손해는 '나만' 봅니다. 아이의 아빠가 미워도 잘 생각해보면 그는 내가 사랑하는

하나. 여자로 산다

남자입니다. 내 아이의 아빠입니다. 이 아이를 있게 해준 고마운 사람입니다.

나만 힘든 것 같아도 그도 힘든 일투성이입니다. 그래서 억울한 '나만 증세'가 느껴질 때면 조용히 아이 재우고 나와 골목 구석까지 흔하디흔한 카페에 가서 잠시 쉬다 옵시다. 그렇게 내가 숨 쉴 구멍은 나 스스로 마련해놓아야 합니다.

그래야 숨 막혀 죽지 않을 수 있습니다.

---

### 👫 나만의 숨 쉴 구멍 만들기 플랜

저만의 숨 쉴 구멍은 글을 쓰는 것입니다. 하지만 시간과 장소가 맞지 않으면 불가능한 숨 쉴 구멍입니다. 숨 막힘 현상이 종종 발생하는 회사에서 갑자기 숨 쉬겠다며 글을 쓸 수는 없는 일이니까요.

그래서 저는 '나만의 힐링 아이템'이라는 이름으로 긴급 인공호흡 장치를 마련해두었습니다. 스트레스가 극에 달할 때, 격렬하게 아무것도 하고 싶지 않을 때 저만의 힐링 아이템 '카페라떼'를 테이크아웃

해서 마십니다.

통제할 수 없는 환경적 상황을 내 힐링 아이템을 사서 소비함으로써 통제 가능한 내 안의 범위로 가져오는 것입니다.

부장님께 혼나도, 남편하고 싸워도, 천둥벌거숭이 후배가 치받아도 '난 내 힐링 아이템 라떼를 마시면 괜찮아져!'라고 내 스스로 딱 정해놓는 것입니다.

### 힐링 아이템 선정 요건

1. 내가 다니는 동선 내에서 손쉽게 구할 수 있어야 한다.

2. 조금일지라도 내게 기쁨을 선사하는 것이어야 한다.

3. 단, 매우 저렴해야 한다(신상 백, 이런 거 안 됩니다).

참 간단하죠? 저처럼 커피여도 좋고, 어떤 집의 쿠키여도 좋습니다. 자주 지나다니는 길에서 파는 빵이어도 좋고, 자신이 특별히 좋아하는 어떤 종류의 아이스크림이어도 좋습니다. 또 특정 향을 맡는 일일 수도 있고, 어떤 액세서리를 착용하는 일일 수도 있습니다. 다만 '그것으로 난 기분이 풀려!'라며 통제 안 되는 상황을 내가 통제할 수 있는 것으로 만드는 게 중요합니다.

저만의 힐링 아이템은 흰 우유 거품 사이를 비집고 나오는 쌉쌀한 갈색 액체 카페라떼입니다. 당신의 힐링 아이템은 무엇인지 궁금합니다.

우리, 서로의 힐링 아이템을 공유해볼까요?

♀ **나만의 힐링 아이템 소개**

# 먹고 싶은 것

은영아, 혹시 오늘 어디 가고 싶어?
맛집.

뭐 먹고 싶은데?
분위기.

애 데리고 분위기?
…….

진짜 애 데리고 분위기?

그냥 집에서 먹자.

하나. 여자로 산다

남편은 '맛집'과는 거리가 먼 사람입니다. 신혼 때부터 지금까지 서로 사소하게 다투는 주요 이유는 바로 "나를 좋은 곳에 데려가!"라는 저의 항의 때문입니다.

하지만 이제 저는 그런 기대를 놓아버렸습니다. 처음에는 "모르면 공부해라. 요즘에 맛집 블로그도 많고 책도 많은데, 왜 좋은 맛집을 모르냐?"라며 온갖 시비를 다 걸었지만, 이제 저는 압니다.

사람은 절대 바뀔 수 없는 부분이 존재한다는 것을 말입니다. 이제 저는 이 문제로 우리가 싸우며 낭비하는 에너지가 아까운 지경에 이르렀습니다. 그래도 남편은 제 마음을 알기에 가끔씩 친절하게 물어봐 줍니다.

"은영아, 뭐 먹고 싶어? 어디 가고 싶은 데 있어?"

남편의 논리는 간단합니다. 제가 딱 먹고 싶은 무언가와 딱 정해진 가고 싶은 어딘가가 있을 때 저를 그곳에 데려가 줄 의지가 있다는 것입니다. 하지만 그가 먼저 그 어딘가를 찾을 의지는 없습니다.

저도 절대 바뀌지 않습니다. 제가 먼저 가고 싶은 곳을 찾을 의지가 없습니다. 그래서 뭉뚱그려 먹고 싶은 것을 '분위기'라고 말합니다.

하지만 이제 우리 부부는 압니다. 앞으로 분위기를 먹을 기회는 향후 5년 내로 없다는 것을 말이죠.

그래도 아내인 저는 분위기가 먹고 싶습니다. 애 낳기 전처럼 남편과 분위기 먹으러, 그저 기분 내러 근사한 레스토랑에 가고 싶습니다.

둘

엄마로 산다

# 아가야, 자니?

가은아, 자니?
아직 자지 마.
엄마 집에 거의 다 와가.

가은아, 아직 안 자니?
좀 자라.
엄마 오늘 너무 피곤하다.

가은아, 자니?
엄마 오늘 야근해.
오늘따라 우리 아가 너무 보고 싶다.

가은아, 자니?
**그런데 엄마는 너 잘 때가 제일 예쁘다.**

사무실을 나오자마자 발걸음을 재촉합니다. 지하철역까지 한달음에 달려갑니다. 아기의 엄마는 지하철에 타서도 달립니다. 조금 더 늦으면 애가 잘 시간입니다. 그럼 새벽에 나오느라 제대로 못 본 아가 얼굴을 또 거르게 됩니다.

'빨리 가야 하는데……, 그래야 애 얼굴 보는데…….'

지하철을 내려 버스 정류장까지 엄마의 발걸음이 바쁩니다. 좁은 구두 안에 있는 발의 통증도 잊은 채 엄마는 뛰고 또 뜁니다. 버스에서 내려 아파트 입구까지 엄마의 달리기가 시작됩니다. "가은아, 아직 자지 마. 엄마 다 와간다."를 외치며 걸음을 재촉합니다.

그렇게 그리웠던 아기 얼굴인데, 퇴근 후 애를 보다 보면 슬슬 피로가 몰려오기 시작합니다.

'가은아, 언제 잘래?

가은아, 잠 좀 자라.

무슨 아가가 잠이 이리도 없을까?'

엄마의 마음은 다시 조급해지기 시작합니다.

둘. 엄마로 산다

조금 전까지 단 1분이라도 빨리 가서 보고 싶던 깨어 있는 아기 얼굴은 온데간데없고, 이제는 빨리 재우고 싶습니다. 그리고 좀 쉬고 싶습니다. 참 아이러니한 일입니다.

그러고 보면 워킹맘의 삶 자체가 참 아이러니합니다. 애 엄마이면서 풀타임 회사원이기에 하루 종일 일하고, 퇴근해서는 저녁 내내 아이를 돌봅니다. 애 재우며 같이 잠들고, 애 깨기 전에 일어나 회사 가고, 사무실에서 종일 일하다가 퇴근해서는 또 내내 애를 봅니다.

따지고 보면 이 삶 자체가 원래 이렇게 아이러니한 것입니다. 그러니 애가 깨어 있을 때는 그렇게 재우고 싶고, 애가 잘 때는 그렇게 깨우고 싶습니다. 우리가 이상한 것이 아닙니다. 워킹맘의 삶 자체가 참 아이러니하기 때문에 우리 마음도 그런 것입니다.

오늘도 나는 출근합니다. 그리고 원래 아이러니한 우리네 워킹맘의 삶 속으로 걸어 들어갑니다.

## 의식주로 꼬시기

가은아, 잘 있었어?
엄마, 회사 다녀왔어.

엄마가 회사 가야
가은이 맘마 사 오는 거야.

엄마가 회사 가야
가은이 장난감 사주는 거야.

엄마가 회사 가야
우리 집 사는 거야.

엄마가 회사 가야
가은이 꼬까옷 사 오는 거야.

엄마가 회사 가는 이유,
아가의 의식주로 꼬십니다.

아기의 입장에서 새벽같이 나가 저녁 늦게야 들어오는 엄마라는 사람을 어떻게 느낄까요? 자기가 필요할 땐 없는데, 거의 얼굴을 잊어버릴 만할 때쯤이면 돌아와서 자기의 발과 손을 물고 빨기 시작합니다.

아기로서는 당황스러울 수도 있을 것 같습니다. 그래서 저는 회사 잘 다녀왔다는 인사를 아기에게 꼭 건넵니다. 그리고 제가 회사 가는 이유도 함께 설명해줍니다. 설명하고 보니 그 이유가 참 유치합니다. 아기의 의식주로 엄마가 회사 가는 이유를 둘러대고 있습니다.

그래도 아기에게 이해시키고 싶습니다. 엄마가 회사 가는 이유. 그리고 이 말도 꼭 잊지 않습니다.

"엄마는 회사 가서도 하루 종일 가은이 생각만 해. 그러니까 엄마가 오래 없어도 이해해줘. 엄마는 회사에서도 가은이 생각만 해. 가은이를 너무 사랑하니까."

직장 상사가 들으면 기절초풍할 일입니다. 회사에서도 아기 생각만 하는 부하 직원이라니요.

"부장님, 걱정 마세요. 이거 하얀 거짓말이에요. 사무실에서는 부장님이 주신 일 하느라 아기는 아예 까맣게 잊고 삽니다. 그래서 문득 미안해질 만큼 말이죠. 사실 그만큼 일 많이 주시잖아요. 딴생각 못할 만큼. 설령 그게 아기 생각일지라도요."

어쩌면 매일 아기에게 입버릇처럼 하는 하얀 거짓말은 너무 미안해서일지도 모르겠습니다. 또 시작입니다. 평생 못 고치는 불치병. 나을 기미라고는 전혀 없는 고질병. 엄마들만 걸린다는 '자꾸 미안해지는 병' 말입니다.

# 너의 뒷모습

부쩍 커진 손.
어느새 내 손바닥만 해진 발바닥.
고무줄로 묶일 만큼 자란 머리카락.
단단해진 다리.
내 반만 해진 덩치.
하도 뛰어다녀 나는 발 냄새.

이 녀석
이제 제법 사람 같아 보입니다.

나는 오늘도
늦은 밤
고이 잠든
이제 제법 사람 같은 아가의
뒷모습만 보다
잠이 듭니다.

벌러덩 누워 자는 아가를
뒤에서 꼭 안고
손도 만지고
발도 만지고
다리도 만지작거리고
머리카락도 만지다

그렇게
잠이 듭니다.

내일은
앞모습을 보다
잠들고 싶습니다.

그녀는 항상 옆으로 누워 잡니다. 어른처럼 자기 오른쪽 다리를 베개 위에 올려둔 채 베개 나머지 부분을 안고 벽에 붙어 잡니다. 그래서 잠든 후에는 얼굴이 잘 안 보입니다. 너무 보고 싶으면 자는 아기 뒤집어서 보지만, 행여 깰까 봐 잘 시도하지 못하는 일입니다.

깨어 있을 때는 잘 모르는데 자는 아가를 보면 부쩍 자란 모습에 깜짝 놀랄 때가 많습니다. '와, 언제 손이 이렇게 커졌지?' '와, 완전히 왕발 됐네.' 모두 잠든 새벽 잠자리에서 엄마의 감탄사는 조용한 지저귐으로 속삭입니다.

눈 깜짝할 사이에 3킬로그램의 작은 생명은 이제 엄마 반만 한 커다란 몸짓의 '어린이'가 되었습니다. 자고 있는 모습이 영락없이 어린이입니다. 깨어 있으면 아직 아기인데, 베개 위에 다리 올려놓고 자는 모습은 제법 어른 같습니다.

아기가 커가는 순간순간을 모두 함께하고픈 마음은 사실 욕심입니다. 저도 알고 있습니다. 하루 대부분의 시간을 회사에서 보내면서 어떻게 그럴 수가 있겠습니까! 얼토당토않은 제 욕심입니다. 하지만 그래도 아쉽습니다.

아기의 손이 이렇게 커질 동안, 아기의 발이 이렇게 단단해질 동안 나는 미처 몰랐습니다. 작은 아기의 덩치가 어린이만 해졌는데 오늘에서야 눈치챘습니다.

또 얼마나 많은 모습들이 내가 미처 알지 못한 채 스쳐 지나갔을까요?

아기가 커가는 순간이 이미 흘러갔음에, 지금도 흘러가고 있음에, 앞으로도 그냥 모르는 채로 흘려보낼 생각에 엄마는 아쉽고 또 아픕니다.

---

**몸집 '어린이', 정신 '아가' 가은이의 말말말 베스트5**

1. 저와 외출할 때 현관에서 집에 있는 할머니에게 건네는 인사말,

   "할머니, 얌전히 점잖게 있어!"

   (할머니는 웃으며 "네, 집 잘 지키고 있을게요."^^)

2. 며칠 전 중국으로 떠난 아빠를 동영상으로 보다가 엉엉 울며 하는 말,

   "아빠가 없어요. 비행기 타고 하늘 높이높이 갔어요."(가은아, 하늘 높이높이 앞에 비행기 타고를 좀 넣어줘. 그냥 하늘 높이높이 갔다고

---

말하면 느낌이 좀 그렇다. 남들이 오해하잖아. 이 말을 듣고 내 마음에 커다란 구멍이 났습니다. 큰 구멍사이로 바람이 들어왔는지 허하고 또 아픕니다.)

3. 어린이집에서 자기가 제일 좋아하는 남자친구 준우가 때렸다며 하소연하는 말,

"준우가 때렸어요. 준우야, 나가! (발로 차는 시늉을 하며) 뻥! 날아 갔어요~."(씨익.)

(정말 발로 날려버렸는지는 모르겠지만, 어쨌든 준우야, 미안.)

4. 친구분 댁에 놀러 간 할머니가 어디 가셨느냐고 가은이에게 물으면 하는 말,

"마실!!!"(그것도 몰랐느냐는 투로.)

5. 난데없이 하는 말,

"씨~벨!"

("가은아, 그런 말 하면 안 돼.ㅜㅜ"라고 말하면 다섯 번 연이어 "씨벨 씨벨 씨벨 씨벨 씨벨." 하고 후다닥 달아나는 그녀. 이럴 때는 모르는 척이 최고입니다. 그나저나 저런 말은 어디서 배운 걸까요? 정말 저 는 아닙니다. 믿어주세요.ㅜㅜ)

# 너 땜에 산다

내 아기가 웃을 때
내 아기가 먹을 때
내 아기가 잘 때
내 아기가 숨 쉴 때
내 아기가 내 옆에 있을 때
내 아기의 사진을 볼 때

너 땜에 산다, 진짜.

어른들의 말이 기억납니다. "너 때문에 산다." 그때는 이 말이 무슨
뜻인지 잘 몰랐습니다. 애를 낳아 한 사람의 엄마가 된 지금, 이 말
을 가슴으로 공감합니다.

이 아이로 인해 삽니다. 지나고 보니 내가 이 아이 낳
으려고 이 남자랑 결혼했구나 싶습니다.

진짜 너 땜에 산다, 가은아.

# 슬플 때

얼굴이 슬플 때
말투가 슬플 때
분위기가 슬플 때
몸짓이 슬플 때

그런데 요즘 부쩍
내 눈에 보이는
새로운 슬픔이 있습니다.

거실 한쪽
모퉁이 책장 앞에서
혼자 장난감을 가지고 노는

내 아기의 뒷모습,
그 등이 참 슬픕니다.

결혼하고 애 낳고 보니

별게 다 슬픕니다.
등이 슬픕니다.
슬픈 등이 보입니다.

등이 슬픕니다.
등도 슬퍼 보일 수 있습니다.

내 아기의 작고 작은
어깨를 타고 뻗은
내 아기의 작은 등이 슬픕니다.

혹시 사람의 등이 슬퍼 보일 때가 있으셨나요? 퇴직한 아버지의 등, 점점 회사에서 설 자리가 없어지는 딸린 식구가 셋인 가장을 떠올리셨는지 모르겠습니다.

사실 드라마나 영화 외에서는 슬픈 등을 직접 본 적은 없었습니다. 그래서 사람의 등이 슬프다는 것을 정확히 느껴보지 못했습니다.

아이를 낳고 엄마가 되고 보니 이제야 슬픈 등을 실제로 보게 되었습니다. 거실 한쪽 귀퉁이 책장 앞에서 가만히 책을 들추고 있는 내 아기의 등이 슬픕니다. 아무것도 모르는 지금이야 저러고 있지만, 조금 더 크면 아마 혼자 일인이역을 하며 외롭게 놀지 모르겠습니다.

저렇게 작은 몸에도 곧게 뻗은 목과, 작은 어깨와, 좁은 등이 있습니다. 혼자 놀고 있는 아기의 등이 왜 그렇게 슬퍼 보일까요? 평소 작게만 느껴졌던 우리 집 거실과 책장은 또 왜 그렇게 커 보이는 걸까요?

아기 등이 슬픕니다. 여자는 엄마가 되고 나서 별게 다 슬퍼 큰 일입니다. 사람의 등도, 좁디좁은 아기의 등도 슬퍼 보일 수 있습니다.

절대 어림없다던, 턱도 없다던 둘째의 탄생은 아마도 바로 이 등의
슬픔에서 시작되나 봅니다.

---

**제일 심각한 결정 장애**

여러분, 둘째 낳아요, 말아요?

누가 결정 좀 해서 알려주세요.

(카톡 아이디 'julie5135')

---

둘. 엄마로 산다

# 열 배 더

둘째 낳으면
아이는 두 명이지만
돈은 두 배가 아닙니다.

둘째를 낳으면
아이는 두 명이지만
돈은 한 배 반입니다.

둘째 낳으면
아이는 두 명이지만
힘든 건 두 배가 아닙니다.

둘째 낳으면
아이는 두 명이지만
힘든 건 그 열 배입니다.

등의 슬픔이

열 배 더 힘듦을
이길 때

동생이
탄생됩니다.

첫째를 낳고서 요즘 저의 최대 화두는 '둘째'입니다. 회사의 많은 여자 선배들이 왜 둘째를 낳지 않는지 이제야 그 이유를 알았습니다. 워킹맘에게 둘째는 사치라는 생각이 다 들 정도입니다. 둘째 낳은 워킹맘들은 경이로운 존경의 대상입니다.

한 선배가 둘째를 고민하는 제게 조언합니다.

"아서라. 둘째 낳으면 두 배 힘들 거 같지? 둘째 낳으면 열 배 힘들다."

이상합니다. 아이가 두 명이면 두 배 힘들 것 같은데, 왜 열 배 힘들까? 자녀를 두 명씩 둔 선배들에게 묻기 시작합니다. 모두의 대답은 정말 열 배 힘들다는 것이었습니다.

아직 딸만 하나인 저는 지금도 힘든데, 이보다 열 배 더는 상상이 안 갑니다. 역시 둘째는 제게 사치라는 생각도 듭니다. 하지만 요즘 자주 목격되는 장면이 마음에 걸립니다. 혼자 노는 내 아이 등의 쓸쓸함이 그 열 배 힘듦을 이길 때 동생이 탄생되겠죠?

두렵습니다. 그 슬픔이 열 배 힘듦을 이겨버릴까 봐 저는 두렵습니다.

# 내가 엄마야

가은아, 엄마 어디 있지?

가은이가
내 아기가
또랑또랑한 눈빛과
쭉 뻗은 손가락으로 가리킵니다.

아주
단호하고
명확하게 가리킵니다.

저 대신
제 옆 시어머님을······.

가은아, 엄마 여기 있잖아.
할머니는
할머니야.

엄마가
엄마야.

저도 시어머님도
참 민망한 상황입니다.
시어머님은 몇 번이고
제가 엄마라고 일러줍니다.

시어머님, 괜찮습니다.
어머님 잘못이 아닌걸요.

가은아,
내가 엄마야.

사실
엄마가
엄마야.

갓난쟁이를 떼어놓고 복직 후, 아이가 할머니를 엄마로 아는 것은 어쩌면 너무나 당연한 일이었습니다. 평일이면 하루 중 엄마인 제가 아이와 함께 있어주는 시간은 고작 한두 시간이나 될까요? 아니, 한 시간은 고사하고 그나마 얼굴이라도 보면 다행이니 말이죠. 엄마는 보통 아기가 잘 때 출근해서, 아기가 잘 때 퇴근해 집에 들어오기 일쑤입니다. 그게 이미 엄마의 일상입니다.

그렇게 제 딸 가은이는 현대판 홍길동이 되었습니다. 엄마를 엄마로 부르지 못하고, 아빠를 아빠로 부르지 못하는 가은이. 그렇게 우리 가은이는 제 할머니를 엄마로, 제 할아버지를 아빠로 생각했습니다.

그때는 그게 왜 그렇게 칼로 베인 듯 아팠는지 모릅니다.

조금 더 크니 이 녀석 이제는 엄마 껌딱지가 될 줄이야……. 밥도 엄마가, 우유도 엄마가, 신발 신기는 것도 엄마가, 목욕도 엄마가, 잠도 엄마가 재워달랍니다. 가끔은 엄마가 엄마라고 일러주던 그때가 그립습니다. 자꾸 다른 사람에게 기대고 싶습니다.

"가은아, 엄마도 좀 쉬자! 응?"

# 아픈 식사

퇴근 후
마음 맞는 동료와의
편안한 저녁 식사,
또 시원한 맥주 한잔.

딱 8시까지만
딱 8시 반까지만

맛있는 감자탕
국물 한 수저에
아이와 눈 맞춤 한 번.

시원한 맥주 한 잔에
아이와의 신나는 웃음 한 번.

딱 9시까지만
딱 9시 반까지만

맛있지만
마음 아픈
저녁 식사.

엄마의
저녁 식사.

직장인들은 왜 그렇게 회식을 많이 할까요? 아침부터 저녁까지 지겹게 본 그 얼굴들이 뭐 그리 반갑다고 점심에 이어 저녁까지 같이 먹을까요? 이런 질문을 던지고 나면 '참 맞네……' 하는 생각으로 연신 고개가 끄덕여집니다.

하지만 내가 설명하지 않아도, 굳이 내색하지 않아도 내 마음을 알 수 있는 사람은 온종일 같이 있었던 '내 동료'입니다.

그래서 하루 종일 지겹게 본 동료와의 저녁 식사가, 그들과 마시는 시원한 맥주 한잔이 꼭 필요한가 봅니다. 진하게 속내를 털어놓고 마치 내 마음같이 함께 소리 높여주는 동료의 맞장구에 다시 내일 출근할 힘을 얻습니다.

이렇게 저녁 시간은 즐겁게 흘러갑니다. 하지만 엄마의 마음은 즐겁다가 슬프다가 합니다. 같이 웃다가도 문득 핸드폰 시계 한 번 보고는 '우리 아기 자려나?' 합니다.

엄마의 저녁 식사는 이렇게 맛있지만, 또 마음 아픕니다.

# 한숨

발걸음을 서둘러보지만
이미 아이가 잘 시간입니다.

나는 지하철 안에서도 뜁니다.

엄마도 사람이니까
엄마도 회사원이니까

가끔의 회식 자리,
가끔의 반가운 저녁 약속에
가고 싶습니다.

그곳으로 향하는 발걸음에는

아이의 환한 미소 한 번.
애 봐주시는 시어머님 한숨 한 번.
엄마의 깊은 한숨 소리 만 번쯤.

인생은 내가 하는 선택의 합입니다. 그리고 워킹맘의 삶을 산 이후 유독 수많은 선택 앞에 망설이는 제 자신을 발견하곤 합니다.

선택의 속성은 선택하지 않은 것에 대한 후회입니다. 하지만 워킹맘의 후회는 엄밀히 말해 죄책감에 가깝습니다.

그녀들은 어떤 선택을 해도 미안하게 되어 있습니다. 대상이 다를 뿐 워킹맘의 선택의 결과는 언제나 미안한 감정을 동반합니다. 그래서 유독 제게서 한숨 소리가 많이 들립니다.

엄마의 선택 후에는 항상 배경음악이 깔립니다. 깊은 한숨 소리가 바로 그것입니다.

하지만 미안할 뿐 사실 그것이 죄는 아니잖아요. 엄밀히 말해 그렇잖아요. 그래서 미안함의 한숨은 괜찮지만, 죄책감의 한숨은 정중히 사양합니다.

그리고 좀 미안하면 또 어떻습니까!

**밸런스가 아닌 평형으로**

직장 생활과 개인 삶의 밸런스

일과 육아의 밸런스

돈과 삶의 질의 밸런스

어찌 보면 이 '밸런스'라는 말이 우리들을 더 힘들게 하는 건 아닐까요? 왜 꼭 50:50 밸런스를 맞추어 살아야 하나요? 왜 적당한 만큼의 일을 하고 나서, 그렇게 남은 에너지로 애를 봐야 할까요?

반반의 밸런스 말고 우리 그냥 순간에 집중하자고요. 회식 가면 내 인생에서 지금 회식 외엔 아무것도 없는 것처럼 회식에 집중하고, 집에 가서 아이가 안 자면 이런 시간이 다시 안 올 것처럼 아이와 즐겁게 보내면 어떨까요?

밸런스가 아닌 평형으로요(멀티태스킹은 개나 줘버려~).

# 그녀의 배고픔

오늘 저녁을 놓치면
내일 저녁입니다.


내일 아침에도
아기가 일어나기 전에
나가야 하니까요.


꼬박 이틀 동안
아기 얼굴이
아른거립니다.


일하는 엄마의 선택.
그녀들의 슬픔.


일하는 엄마는 항상
아기 얼굴이 고픕니다.

배가 고플 때가 있습니다. 당장 뭐라도 먹지 않으면 지금의 이 허기를 달랠 길이 없어 정말 힘들도록 배가 고플 때가 있습니다. 아기를 낳고 보니 고픈 것이 하나 더 생겼습니다.

일하는 엄마는 아기 얼굴이 고픕니다.
항상 배고픕니다.

그렇게 늘 주린 배를 안고 허기를 참고 살아내는 것이 일하는 엄마의 운명인가 봅니다. 그 운명 한번 참 가혹합니다.
먹어도 먹어도 배가 고픕니다(오늘도 꼬르륵~).

둘. 엄마로 산다

# 엄마의 짝사랑

아기의 컨디션이 좋지 않은 날.
심하게 보채고
칭얼거리는 날.

그런 날이면
아기는
유난히 저 말고 시어머님을 더 찾습니다.

유독 할머니에게서 안 떨어지려고 안간힘을 씁니다.

"정말 속상해 죽겠어.
애가 아프고 힘들어해서 돌봐주려고 하는데
도통 나한테는 안 오고 시어머님한테만 가."

"야, 당연하지.

애가 아프고 힘들 때
넌 항상 없고
너희 시어머님만 아이 옆에 있었는데."

"……."
"아……
맞네…….

정말……
그렇네……."

둘. 엄마로 산다

우리 집에는 '가은이 서열'이 존재합니다. 가은이 할머니 1번, 가은이 엄마 2번, 가은이 아빠 3번. 1번이 있을 땐 2, 3번은 눈에 아예 들어오지도 않습니다. 하지만 서열 1위인 할머니가 없는 주말이면, 가은이는 서열 2위인 제게 꼭 붙어서 안 떨어집니다.

주말 동안 가끔씩 서열 2위 또한 집을 비우면 평소에 잘 거들떠보지 않던 서열 3위에게 자기 몸을 온전히 맡깁니다. 그러다가 2번이 오면 다시 2번에게, 그러다가 기다리고 기다리던 1번이 돌아오면 1번에게 달려가서 절대 안 떨어집니다. 흡사 나무에 붙어 있는 매미처럼 찰싹 달라붙어 있습니다.

새벽부터 저녁까지 집을 비우는 가은이 엄마는 서열 2번으로 밀려나도 할 말이 없습니다. 평일에는 깨어 있는 아기 모습보다 잠들어 있는 모습을 더 많이 보니까요.

사실 서열 1번으로 올라가려는 마음 자체가 이기적인 것입니다. 내 아이가 할머니를 엄마로 알고 사는 것을 으레 '그러려니……' 합니다.

단 이런 평점심의 마음에 동요가 일 때가 있습니다. 아기가 아파서 칭얼거릴 때가 그렇습니다. 자기 몸이 안 좋으니 생떼도 심하게 부리고 종일 짜증을 냅니다. 작은 몸으로 떼쓰고 화를 내며, 자기 몸이 좋지 않다고 온몸으로 말합니다.

말을 못하니 몸으로 말하는 것이 어찌 보면 당연한 일입니다. 안쓰럽고, 아이가 아픈 것이 마치 옆에서 돌봐주지 못하는 내 책임 같아 많이 미안합니다.

그래서 돌봐주고 싶은데 가은이는 제게 도통 오지를 않습니다. 할머니 옆에만 매미처럼 붙어 있습니다. 아플 때면 더더욱 '할머니 껍딱지'로 변신합니다.

'이 밤이 지나면 나는 또 저 아픈 녀석, 저 작은 녀석 놔두고 출근해야 하는데……. 그래서 지금 돌봐주고 싶은데……. 지금 아니면 또 못 봐주는데…….'

아픈 엄마 마음을 아는지 모르는지 도무지 나는 자기 옆에 붙여주질 않습니다.

그렇게 아기는 '할머니 매미'인 채로, '할머니 껍딱지'인 채로 칭얼거리다 지쳐 잠이 듭니다. 그러면 그제야 저도 '우리 아기 매미'인 채로, '우리 아기 깜딱지'인 채로 잠이 듭니다. 아기 옆에 몸을 꼭 붙이고 한구석에서 아기의 작은 손을 잡고 눈을 감습니다.

지금 엄마는 지독하게 심한 짝사랑에 빠져 있습니다(하지만 이제 곧 짝사랑의 시대가 가고 엄마 껌딱지의 신시대가 도래할 것을 이때 저는 미처 알지 못했습니다).

짝사랑의 아픔은 곧 지나가리라.

엄마 껌딱지의 아픔 앞에서는 아무것도 아닌 것을…….

# 멀티플레이어

금세기 최고의 멀티플레이어는
축구장에도,
방송국에도,
무대 위에도 없습니다.

이 세상 최고의 멀티플레이어는
바로 '우리 집'에 있습니다.

일하면서 집안일 하고,
집안일 하면서 밥 먹고,
밥 먹으면서 애 보고,
애 보면서 이유식 만들고,
이유식 만들면서 남편 밥 챙기고,
남편 밥 챙기면서 설거지하고,
설거지하고 나서 다음 날 출근 준비하는
워킹맘이야말로
이 세상 최고의 멀티플레이어입니다.

멀티플레이어는 보통 한 번에 여러 가지 역할을 수행할 수 있는 사람을 말합니다. 흔히 스포츠 선수에게, 혹은 가수이면서 연기도 하는 연예인에게, 또는 조직의 리더에게 흔히 사용하는 단어입니다. 하지만 진짜 이 세상 최고의 멀티플레이어는 우리 집에 있음을 애 낳고 비로소 깨달았습니다.

아기가 잠시도 바닥 생활을 하지 않으려 들 때가 있었습니다. 이 녀석, 공중에서 우유 먹고, 공중에서 잠자고, 공중에서 놉니다. 잠든 것 같아 바닥에 눕히려고만 하면 등이 바닥에 닿는 순간 눈을 번쩍 뜨고 울기 시작합니다. 이 조그마한 녀석 등에는 바닥 감지 첨단 센서가 설치된 것이 분명합니다.

결국 다시 아기를 아기띠에 매달고 나는 밥도 먹고, 화장실도 가고, 미뤄놓은 세수도 합니다. 이 모든 걸 10킬로그램 가까이 되는 아기를 매달고 할 수 있음이 그저 신기할 따름입니다.

하루는 아기띠를 하고 서서 밥을 먹는 모습을 남편이 사진으로 찍었습니다. 그 사진 속에 먹고 살려는 처절한 모습의 한 여인네가 있습니다.

"역시 우리 은영이가 최고야!"

남편은 그런 제 사진을 보며 엄지손가락을 한껏 세워 보입니다. 저 손가락과 장하다는 표정의 의미는 앞으로도 내가 쭉 이런 생활을 하란 말이겠지요?

이유식을 만들려고 하면 아기는 어느새 내 다리로 기어와 그곳에 붙어 있습니다. 내 가랑이 사이로 머리를 집어넣었다 뺐다 하는 놀이를 무한 반복합니다. 나는 이유식용 소고기도 다져야 하고, 당근, 양파, 버섯, 청경채도 채 썰어야 하는데 한쪽 다리에 붙어 있는 10킬로그램 아기가 여간 성가신 게 아닙니다. 나는 또 내 몸무게의 4분의 1이 조금 안 되는 그 아기를 내 몸에 매달기 시작합니다.

당근 썰어서 내 등에 매달린 아기에게 한 조각 쥐어 주고, 청경채 다지면서는 잎사귀 하나 가지고 놀라고 줍니다. 이유식 만들기가 거의 끝나갈 때쯤 등에 매달린 아기는 어느새 잠이 듭니다.

그러면 아기 자는 이때 밥 먹으려고 늦은 저녁을 차려 남편과 나눠 먹습니다. 설거지하고 허리 한 번 펴고, 아기 이유식을 날짜별로 분리해 냉동시키면서 어깨 한 번 펍니다.

내일은 다시 출근해야 하는 월요일입니다. 푹 쉰 주말 후 맞이하는 활기찬 월요일이 아니라, 내 몸의 상태는 이미 이틀 동안 막노동한

만신창이입니다.

그래도 출근 전 아직 잠들어 있는 애 얼굴 한 번 보고, 아직 몇 가닥 없는 애 머리카락 한 번 쓰다듬고, 행여 애가 깰까 총총걸음으로 집을 나섭니다.

가끔씩 스스로 참 대견하고 놀랍습니다. 이 모든 일을 하는 제 자신에게 감탄하고 대단하다 싶습니다. 그냥 여자였으면 하지 못했을 일입니다. 내 앞에 '엄마'라는 수식어가 붙기에 이 모든 일이 가능합니다.

'엄마'라는 이름 앞에 못할 일이 없습니다.

그래서 저는 조용히 예견해 봅니다. 여자가 세상을 지배할 날이 머지않았다고 말입니다.

여자는 엄마이기에 못할 일이 없습니다.

여자의 시대, 곧 옵니다.

# 이 몹쓸 놈의 죄책감

아기를 낳고 복직을 하려니
아직 갓난쟁이 아기에게 미안합니다.

출근을 해서 야근을 하려니
아기를 봐주고 계신 시어머님께 미안합니다.

부서 회식 날 맛있는 곱창을 먹으니
아기를 봐주며 찬밥에 물 말아 김치와 한술 뜨실
시어머님의 초라한 저녁 식탁 생각에 미안합니다.

워킹맘 힘들다며 남편과 한바탕 싸우고 나니
왠지 모르게 그 대상이 된
아기에게 미안합니다.

아기를 키우고 보니
나 또한 이렇게 키워주셨을 친정어머니에게 미안합니다.

애가 아파 일찍 들어가려니
내 몫까지 야근할 동료들에게 미안합니다.
아쉬운 소리 해야 하는 상사에게 미안합니다.

결혼할 때까지만 해도 몰랐는데
애를 낳고 일을 하니
주변에 온통 미안한 것투성이입니다.

나는 항상 미안합니다.
나는 항상 미안해해야 하는 사람입니다.

항상 미안해해야만 하는
내 이름은 엄마입니다.

하지만 단 한 사람
미안하지 않은 사람이 있습니다.

남편.
그가 내게 미안해해야 합니다.


암요.
마땅히 그가
그래야 합니다.

워킹맘의 삶을 산 이후 제게 찾아온 가장 큰 감정의 변화가 있습니다. 그것은 자꾸만 누구에게 미안해진다는 것입니다. 특히나 하루도 안 빼놓고 매일매일 미안한 한 사람이 있습니다. 그 사람은 애를 봐주시는 '시어머니'입니다.

친정어머니에게 송구하지만 이제는 맛있는 것 먹을 때, 좋은 것 보일 때면 딱 한 사람 생각만 납니다. 아기 키워주시는 시어머니 생각만 납니다.

애랑 있다 보면 끼니를 챙기는 건 그야말로 후다닥 한술 뜨는 행위에 가깝습니다. 맛있는 반찬 차려서 거하게 밥을 먹을 호사스러운 여유가 없습니다.

반면 애는 하루 종일 쫓아다니며 먹이기에 바쁩니다. 이유식 만들어 먹이고, 과일도 깨끗이 씻어다가 먹이고, 하루 치즈 1장, 요구르트 2개, 중간중간 과자, 고구마 등의 간식도 이어집니다. 하지만 정작 아기를 보는 어른은 많아도 두 끼, 정말 배고픔을 위해 그냥 먹습니다.

물 말아 먹으면 술술 잘 넘어가니 김치 반찬 하나에 그냥 후루룩 물 말아 먹습니다. 먹는다기보다는 한 끼 때운다는 느낌입니다.

오늘도 그렇게 그냥 한 끼 때웠을 시어머니 때문에 마음이 무겁습니다. 회사 구내식당의 다양한 반찬 앞에, 회식 자리의 지글지글 구워지는 곱창 앞에 죄송합니다.

시어머니, 굶지 마세요. 그냥 한 끼 때우지 마세요. 돈 벌어 제가 소고기 사드릴게요.

애 봐주시는 은혜는 평생을 다해도 잊지 못합니다. 시어머니 돌아가시기 전에 다 갚을 수 있을지도 알지 못합니다.

고맙습니다. 덕분에 오늘도 출근합니다.

## 👪 지극히 주관적인 이쁨 받는 며느리 비법

1. 적은 액수의 용돈을 자주 드립니다(몇십 만원씩 몇 달에 한 번이 아니라, 5만원씩 자주 드립니다).

2. 손편지를 씁니다(그 5만 원 위에 포스트잇 손글씨 메모를 붙입니다).

3. 특별한 날에는 뭉칫돈을 전부 만 원짜리로 뽑아 곱게 포장해서 드립니다(이럴 때는 긴 편지를 써 드리죠).

4. '감사합니다.' '사랑해요.'라는 말을 자주 합니다(쑥스러우니 주로 말이 아닌 문자로 합니다).

5. 그녀의 아들 욕은 절대 무슨 일이 있어도 안 합니다(절대 절대 안 됩니다).

6. 비장의 카드, 피부 마사지 또는 발 마사지 숍에 보내드립니다(1회에 2~5만 원이면 됩니다).

7. 옆집 친구가 며느리 욕하면 시어머님들 역성들며 같이 그 못된 며느리를 욕해줍니다(절대 며느리 편을 들면 안 되는 게 포인트입니다).

시어머님 당신이 있어
오늘의 가은이가 있습니다.

시어머님 당신이 있어
오늘의 우리 부부가 있습니다.

시어머님 당신이 있어
오늘의 제가 있습니다.

참 많이 고맙습니다.

앞으로도 잘 부탁드려요!(란 말로 그녀를 옭아매는 나는야
나쁜 며느리.ㅜㅜ)

# 고민

우리 딸은 딱 봐도 아들입니다.
분홍색으로 입혀도
아파트 엘리베이터에서 만난 아주머니들 이렇게 말합니다.


"아들이라 튼실하네!"


화려한 레이스 양말도
형형색색 꽃무늬 모자도
핫 핑크 색깔 옷도


아무 소용이 없습니다.


눈치도 없으세요.


웬만해선 아들에게 분홍색 옷 안 입힙니다.
아들이면 핑크 레이스 양말 안 신기겠죠.
아들이면 형형색색 꽃무늬 모자도 안 씌울 겁니다.

얼굴 보고 고민하지 말고
그저 "딸이죠? 딸 예쁘네!" 해주세요.
"아들이죠?"라고 묻지 마세요.

아기 얼굴은 아들이어도
옷이 말해주고 있잖아요.

심하게 분홍색으로 치장한 아들 얼굴의 아기는
특히나 아들이냐고 묻지 말아 주세요.

My daughter is a baby boy(?)

우리 딸은 어렸을 적의 저를 닮아 머리숱이 참 없습니다. 어제 아파트 놀이터에 데리고 나갔다가 여덟 살짜리 아랫집 꼬맹이를 만났습니다. 혼혈아인 조애나는 우리 가은이의 머리를 쓰다듬으며 이렇게 말하더군요.

"아기가 대머리다."

'귀엽다.'라는 대답을 기대한 저는 살짝 당황했습니다.

"대머리 아니야. 아기라 머리숱이 없어서 그래."

실망한 제 기분을 눈치챘는지 여덟 살짜리 조애나가 제게 이렇게 말해줍니다.

"괜찮아요. 저도 어렸을 때 그랬어요. 지금은 이렇게 머리숱 많잖아요."

그래, 고맙다, 조애나.

그나마 위로가 됩니다.

# 생산하는 엄마, 소비하는 엄마

생각해보면 세상에 태어나
소비만 하고 살았습니다.

물 쓰고,
전기 쓰고,
돈 쓰고,
공기 마시고,
음식 먹고,
자원 쓰고.

그러다가 책을 쓰게 되었습니다.

그러고 보니 책을 쓴다는 것은
소비가 아닌 생산입니다.

세상에 태어나 처음으로
무엇인가를 생산해봅니다.

일하고 애 키우며 책까지 쓰다 보니
애한테 또 미안합니다.
어김없이 스멀스멀 올라오는
이 몹쓸 죄책감.

가은아, 미안한데 그래도 엄마는
이 세상에 태어나 죽을 때까지
소비만 하다가 가는 게 아니라
무엇인가를 만드는 생산하는 사람이었어.

어때?
엄마, 꽤 괜찮은 사람이지?

"선배님 아기가 참 불쌍하네요."

저의 첫 번째 책 출간 소식에 회사 여자 후배가 제게 한 첫마디였습니다. 무슨 말인지 도통 감을 잡을 수가 없어 "왜?"라고 물었습니다. 그 후배 대답이 가관입니다.

"아니, 책 쓰느라 애한테 얼마나 소홀했겠어요. 그 어린것을……."

그녀의 대단한 능력입니다. 단순히 제가 기분 나쁜 것을 넘어 워킹맘의 최대 약점인 '죄책감'을 건드렸으니 말입니다.

'야! 결혼도 안 한 것이 네가 애 키워봤냐? 신생아 자는 동안 나 잘 거 못 자고, 먹을 거 못 먹고 쓴 거거든. 치열하게 나를 찾는 과정이었거든. 애 낳고 산후 우울증 이렇게 이겨낸 거거든. 이 못된 것! 나도 엄마 이전에 여자이고 사람이다!'

저는 이렇게 말하고 싶었습니다. 정말 그러고 싶었습니다. 하지만 당시에는 꽤 충격을 받았었나 봅니다. 아무 대꾸도 못하고 그저 씁쓸한 미소만 지어 보이고 말았습니다.

그리고 이 문제에 대해 곰곰이 생각해보기 시작했습니다. 그냥 덮고 넘어가기에는 워킹맘의 아킬레스건인 이 몹쓸 죄책감이 절 놓아주지 않았기 때문입니다.

"아니, 책 쓰느라 애한테 얼마나 소홀했겠어요. 그 어린것을……."

"엄마는 글 쓴다고 나를 돌봐주지도 않고. 나는 이렇게 어린데……."

가은이가 나중에 후배 녀석처럼 똑같이 말한다면 그저 씁쓸한 미소로 마무리 지을 수는 없는 노릇이었습니다.

그래서 제가 찾은 꽤 괜찮은 엄마 포인트가 바로 '생산하는 엄마'입니다. 글을 쓴다는 것은 세상에 없던 무엇인가를 만드는 활동입니다. 복잡한 기계도, 최첨단 장비도 필요 없습니다. 그저 많은 생각이 담긴 제 머리와, 부지런히 타자 치는 저의 손가락과, 제 영혼을 담은 물건 맥북만 있으면 되는 일입니다. 별 장비 없이 엄마는 그렇게 글과 책을 생산해냅니다.

평생 소비만 하다가 죽는 것이 아니라 무엇인가를 만들고, 또 내가 없는 빈자리를 그것으로 채우고 갈 것입니다.

꽤 괜찮은 엄마로 저 자신을 포지셔닝할 수 있는 묘안입니다.

둘. 엄마로 산다

# 애 낳고 술이 당긴다

원래 술을 잘 못합니다.
폭탄주 마시고 3초간 기절한 적도 있습니다.
무방비 상태에서 아기가 넘어지면 턱이 깨지듯
저도 기절해서 넘어져 턱이 시퍼렇게 죽은 적도 있습니다.

임신하고 수유하고 출근 전까지
술 한 방울 못 먹게 되자
이제는 전보다 술을 더 못 먹습니다.

그런데 애 낳고 일 다니고 육아를 하다 보니
자꾸 술이 마시고 싶어요.

나만 이래요?
부쩍 술이 당겨요.
술이 달아요.

애 낳고 부쩍 술이 당깁니다.

워킹맘의 삶이 고되긴 고된가 봅니다. 그렇게 못 먹는 술이 부쩍 자주 마시고 싶습니다. 하루는 냉장고를 정리하다 맥주를 버린 적이 있습니다. 맥주도 유통기한이란 것이 있다는 것을 그날 처음 알았습니다.

원래 집에 술 좋아하는 사람이 이렇게 없습니다. 그래서 결혼 후 신혼 집들이에 사용한 맥주가 유통기한이 지날 때까지 냉장고 한 구석에 보관되어 있었던 것입니다.

1년 넘게 보관된 맥주는 싱크대 하수구로 콸콸콸 버려집니다. 그렇게 술 자체를 싫어하던 제가 정확히 애 낳고 나서는 알코올 냄새를 그리워합니다.

가득 찬 술 한 잔에 무거운 몸을 풀고 싶고, 쨍그랑 하는 술잔 부딪치는 소리에 스트레스를 날려버리고 싶고, 따갑게 목을 치받는 술 향에 "캬~!" 하고 소리 지르고 싶습니다.

예전에는 그렇게 쓰던 술이 요즘 답니다. 기회만 나면 마시고 싶습니다. 술이 당깁니다. 너무 자주 당겨 큰일입니다.

# 이유식이 뭐길래

아기가 이유식을 거부할 때
엄마는 거의 반미치광이가 됩니다.

엄마표 이유식
안 먹는다.

주문한 홈메이드 이유식
안 먹는다.

다른 곳에서 주문한 이유식 역시
안 먹는다.

다시 엄마표 소고기전을 부친다.
역시나 안 먹는다.

먹지 마, 먹지 마.
엄마도 이제 안 해, 못해, 지쳤어.

이렇게 다짐하고 어느새
다시 소고기 주먹밥을 만들고 있는
나 자신을 발견합니다.

미친 듯이 야채를 다지고
이유식 만드는 손놀림이
미친 듯이 재빠릅니다.

다들 곱게 차려입고
쇼핑을 하는 백화점 쇼윈도에,
그 한 수저 먹이겠다고
소고기전을 작게 손으로 잘라
아기 입에 넣는 내 모습이 비칩니다.

슬프도록 아름다운
이유식에 반 미친
대한민국 엄마입니다.

아기가 이유식을 거부하면 그 속상함은 이루 말로 다 할 수가 없습니다. 정말 속상해 미쳐버릴 것만 같습니다. 반미치광이란 표현이 가장 적합한 표현으로 생각됩니다. 남편들은 아주 심플하고 쿨하게 한마디로 이 상황을 종료시키려고 합니다.

"굶겨. 배고프면 다 먹어!"

하지만 반미치광이 엄마는 그렇게 쉽게 포기가 안 됩니다. 소고기를 안 먹이면 막연히 아기의 뇌 발달이 더딜 것 같고, 신선한 각종 채소를 안 먹이면 신체 발달이 늦을 것 같아 애가 탑니다. 그 모두가 엄마인 내 잘못인 것 같아 애간장이 녹습니다.

내 살과 피 같은 새끼를 굶기다니요. 그게 말처럼 되질 않습니다. 그렇게 엄마표 이유식에서, 홈메이드 이유식 회사로, 또 비슷한 다른 곳들을 전전하다 다시 레시피를 바꾼 엄마표 이유식으로 이어집니다.

공들여 만든 이유식을 뱉어버리거나 안 먹는다고 손으로 확 치면 화가 치밀어 오릅니다. 그래도 꾹 참고 한 숟가락 더 먹여보겠노라 온갖 애교를 부리며 이유식을 아기 입으로 가져갑니다.

외출을 할 때는 특히 이유식을 먹일 수 있는 절호의 찬스입니다.

신기한 바깥세상을 구경하느라 정신없는 틈을 타 '몰래 입에 이유식 넣기 신공'을 선보입니다. 원피스에 하이힐을 신고 곱게 화장한 아가씨들이 쇼핑을 나온 백화점에서 저는 그렇게 소고기전 한 조각을 아기 입에 넣고 있었습니다.

백화점 진열대 쇼윈도에 문득 비친 제 모습이 슬프도록 아름답습니다. 이유식에 반 미친 대한민국 엄마이기에 그 모습이 슬프도록 아름답습니다.

가은아, 이유식 좀 잘 먹자. 제발, 응!

# 쭈까쭈까쭈까

쭈까쭈까쭈까
다리 길어져라.

쭈까쭈까쭈까
코 높아져라.

쭈까쭈까쭈까
소화 잘돼라.

쭈까쭈까쭈까
건강하게 자라라.

쭈까쭈까쭈까
더 예뻐져라.

나한테는 누가
쭈까쭈까쭈까 안 해주나?

아기를 똑바로 눕히고 자주 해주는 것이 있습니다. 일명 '쭈까쭈까 마사지'입니다. 푹신한 이불 위에 아기를 바로 눕히고 다리를 주물러주며 엄마들은 쭈까쭈까 주문을 외웁니다. 누가 가르쳐준 것도 아닌데 엄마도 엄마의 엄마도 아빠도 아빠의 엄마도 쭈까쭈까 주문을 알고 있습니다.

쭈까쭈까 주문의 내용은 '다리야, 길어져라', '다리야, 시원해져라', '코야, 높아져라', '코야, 예뻐져라', '몸통아, 소화 잘돼라', '온몸아, 튼튼해져라', '아기야, 건강하게 자라라.'라는 것들로 추정됩니다.

눕혀놓으면 족히 200바퀴는 뒹굴러 다니는 아기지만 쭈까쭈까 마사지를 해주면 자기도 시원한지 가만히 제 손에 자신의 작은 몸을 맡깁니다.

오늘따라 제가 봐도 너무 시원해 보입니다. 구석구석 제가 마사지를 너무 잘해주고 있으니까요. 쭈까쭈까를 많이 해줘서 그런지 우리 가은이의 다리가 아주 늘씬해 보입니다. 연이어 만족한 작은 몸짓의 아기 얼굴이 눈에 들어옵니다.

문득 부럽습니다. 아기처럼 작은 체구는 아니지만 누가 제게 쭈까쭈까 마사지를 해줄 사람 어디 없을까요?

# 둘째 생각

아기 발버둥 안 치고
내 품에 가만히 포옥 품어보고 싶을 때

속싸개에 싸여
신기한 듯 눈만 껌뻑껌뻑하는 표정이
다시 보고 싶을 때

만지면 부서질까
누르면 깨질까
인형 옷처럼 작은 옷들을 정리할 때

혼자 놀면서
배시시 웃으며
쓸쓸한 등을 보일 때

피곤한 날
나 말고 대신 놀아줄

누군가 필요할 때

이럴 때면
절대 안 낳을 거라던
둘째 생각이
납니다.

하지만 금세
제 이성이
저를
흔들어 깨웁니다.

정신 차려!

"우리, 둘째 낳아야 하나?" 우리 부부는 족히 일주일에 한두 번씩은 꼭 이 질문을 서로 주거니 받거니 합니다. 아기를 키우며 둘째 생각이 간절할 때가 많이 있기 때문입니다. 어느새 훌쩍 커버려 아기라기보다는 어린이에 가까운 가은이를 보며 녀석의 아기 시절이 몹시 그립습니다. 사진과 동영상을 보면 더욱 간절해집니다.

당시에는 너무 작아 만지면 부서질까 봐 무서웠는데, 이제는 저 작은 체구를 꼭 안아보고 싶습니다. 인형처럼 작은 손과 발을 만져보고 싶습니다. 벌써 작아져 못 입게 된 아기 옷을 정리할 때면 더욱 그렇습니다. 녀석의 아기 시절이 너무 다시 보고 싶습니다.

하지만 우리 부부는 이미 한참 전에 이 질문에 대한 답을 합의해놓은 상태입니다. '우리에게 둘째는 없다!' 이것이 우리 부부의 답입니다.

현실이 너무 힘들기 때문입니다. 애를 봐줄 사람도, 돈도, 여력도, 체력도 변변치 못합니다. 이 모든 환경이 우리 부부에게 답을 정해준 것입니다.

하지만 평생 동생 한 명 없이 혼자 자랄 아기를 생각하면, 이미 답을 정해놓은 질문을 다시 되묻게 됩니다. 하루 종일 이리저리 어른

들을 끌고 다니는 아이와의 씨름에 지칠 대로 지치면 한 번 더 질
문하게 됩니다.
하지만 언제나 그 질문에 대한 답은 다시 처음과 같아집니다.

"정신 차려! 여기에서 둘째 낳으면 힘들어 죽는다."

# 어르신(?) 명령

그분이 손가락으로 가리키신다.
본인 갖고 싶은 것
이것저것 내려달라신다.

이거 드리면 이거 아니,
저거 드리면 저거 아니.
기어이 본인이 원하시는 걸 얻으실 때까지
반복해서 지시하신다.

그분이 손가락으로 가리키신다.
본인 가고 싶으신 곳
이쪽저쪽으로 이동시켜달라신다.

이쪽으로 이동하면 여기 아니,
저쪽으로 이동하면 저기 아니.
기어이 본인이 가고 싶으신 곳으로 옮겨드릴 때까지
반복해서 지시하신다.

오늘도
그분의 손가락 지시는 계속됩니다.

우리 집에서
나이는 제일 어려도

우리 집
최고 어르신,
우리 가은이.

처음에는 젖 달라고 입만 뻐끔거리던 이 친구가 나중에는 곧잘 눈
도 잘 깜박거리더니 이제는 아예 손으로 자기 젖병을 들고 잘도 마
셔댑니다. 어른처럼 베개 위에 누워서는 자기 우유병을 이쪽으로
돌렸다 저쪽으로 돌렸다 합니다.

뭐가 좋은지 우유 먹다 말고 까르르 한 번 웃고, 뭐가 기분 나쁜지
아직 한참 남은 우유병을 휙 던져버립니다. 이 모든 변화가 15개월
만에 일어났습니다.

'이 녀석 이제 제법 사람 구실 한다.'

신생아 시절의 이 친구를 키울 때는 도무지 아기의 생각을 알 수
가 없어 너무 힘들었습니다. 하루 종일 우는데 도대체 왜 우는 건
지……. 기저귀를 갈아줘도 울고, 우유를 줘도 울고…….

하루는 아기를 안고 저도 같이 울었습니다. 그랬던 아기가 이제는
아직 말은 못해도 자기 의사 표현을 분명히 합니다. "에~." 하는 의
성어와, 작지만 토실토실한 손가락으로 말입니다. "에~." 하는 의
성어로 부모의 주의를 끈 후, 자기가 원하는 것을 손가락으로 가리
킵니다.

요즘에는 밖에 나가고 싶을 때면 어디서 찾았는지 제 양말과 자기

의 작은 신발을 제게 가지고 옵니다. '아니, 이걸 어디서 찾았대?'
이상하면서도 신비롭습니다. 이 친구가 언제 이렇게 커서 자기 의
사 표현을 하는지 신기할 따름입니다. 너무 원하시는 바가 많고 정
확해서 조금 힘들지만, 돌이켜 생각해보면 신생아 때보다는 백배
더 나은 것 같습니다.

그녀의 웃음 한 번에 저는 백 번이고 손가락 지시에 기꺼이 따릅니
다. 그 웃음 한 번 보려고 저는 오늘도 육체노동을 제법 많이 했습
니다.

그녀가 한 번 웃어주시면 쌓인 피로 모두 풀리고, 한 번 더 웃어주
시면 하루 종일 시달렸던 스트레스도 온데간데없이 사라집니다.

우리 집 최고 어르신의 명령 덕택에 오늘도 참 많이 웃었습니다.

둘. 엄마로 산다

# 두 번째 성별

10 킬로그램짜리 쌀은 못 들어도
12 킬로그램짜리 내 딸은 번쩍 듭니다.


누가 먹다 뱉은 음식은 쳐다보지도 않지만
내 아기 입에 들어갔다 나온 음식은 쳐다도 안 보고 먹습니다.


요리는 힘들고 외식을 훨씬 더 좋아하지만
내 아기 먹을 이유식은 20통씩 만듭니다.


똥 냄새는 진저리 치게 싫지만
'내 아기 응가는 잘 쌌나?' 꼼꼼히 살펴봅니다.


화장 안 지우고 자는 것은 절대 용서 못했지만
씻지도 않은 채 애 재우다 슬며시 나도 잠이 듭니다.
(다음 날 아침 내 얼굴이 가관입니다.)


여자는 이렇게 엄마가 되어갑니다.

애 낳은 여자는 여자라는 성별 외에 '엄마'라는 타이틀을 하나 더 갖게 됩니다. 사실 엄마라는 사람들은 연구 대상들입니다. 평소에 못했던 일들을 엄마라는 이름 앞에서는 척척 잘도 해내기 때문입니다.

10킬로그램이 훨씬 넘는 아기를 번쩍 안아 하루 종일 몸에 대롱대롱 매달고 다닙니다. 한 손에는 애를 안고, 다른 한 손에는 아기 용품을 잔뜩 넣은 기저귀 가방을 잘도 들고 다닙니다. 애가 먹던 것은 원래 그냥 내가 먹던 것처럼 아무 거리낌이 없습니다.

애 먹을 것은, 잘 안 먹을 걸 뻔히 알면서도 죽을힘을 다해 열심히 만듭니다. 이유식 만드는 시간은 세상에 태어나 가장 몰입해서 음식을 만드는 순간이 됩니다.

아기가 어쩌다 싸놓은 똥 모양이 하트라면서 사진을 찍어놓습니다.

화장도 못 지우고 몇 번이나 애 재우다 나도 잠이 듭니다.

이 모두가 여자라는 이름으로는 불가능한 일입니다. 하지만 이 모든 것은 엄마라는 이름 앞에서는 평범한 일이 됩니다.

여자는 약할 수 있습니다. 하지만 엄마는 그럴 수가 없습니다. 엄마라는 이름 앞에 엄마는 한없이 강해집니다.

그것이 '엄마'입니다.

둘. 엄마로 산다

# 아기와 그 남자

우리 집 아기.
꼬맹이,
귀염둥이,
천사.

우리 집 그 남자.
밉상,
**화상,**
**진상.**

하지만 우리 집 아기도 때때로
밉상,
화상,
진상!

그들을 둘 다 돌보는 나는
**천사,**

천사,
천사.

태어난 지 얼마 안 되어 눈도 못 뜨고 젖 달라고 입만 뻐끔거리던 녀석이 '어린이'처럼 보이는 시점은 정말 금세 옵니다. 자고 있는 모습을 보고 있노라면 24개월도 아직 안 된 녀석이 어린이처럼 보입니다. 길쭉한 다리며 살이 통통하게 찐 손가락 마디마디가 영락없습니다.

눈만 뜨면 놀이터에 나가자며 아우성입니다. 용케 자기 신발도 찾아오고, 어디서 찾았는지 제 양말도 야무지게 챙겨 가져옵니다. 아직 말을 못하니 한 손으로는 제 손을 잡아끌고, 나머지 손으로 굳게 닫힌 현관문을 가리킵니다.

그래도 제가 반응이 없으면 "엥, 엥~." 하면서 나갈 것을 명령하십니다. 이때 제가 바로 반응하지 않으면 그칠 줄 모르는 생떼가 시작됩니다.

이렇게 자기주장이 세지다 보니 마음대로 되지 않으면 손가락에 힘을 잔뜩 주어 사람 얼굴을 꼬집기 시작합니다. 주 희생양은 아기의 말을 즉각 들어주지 않는 아빠입니다. 아빠는 살에 상처가 나면 빨갛게 부어오르는 여린 피부를 갖고 있는 터라 아기의 꼬집기 공격에 특히나 민감합니다.

그래서 남편은 아기가 자기 몸에 상처를 내면 진심으로 화를 냅니다. 어린 아기를 상대로 협박과 나쁜 말을 하기도 합니다. 한마디로 아기를 상대로 삐쳐서 풀리지가 않습니다. 그의 협박은 주로 이런 것들입니다.

"오늘 하루 종일 네가 좋아하는 놀이터, 한 번도 안 데려갈 거야."

"하루 종일 집에 갇혀 있을 줄 알아."

화가 많이 날 때는 이렇게 하기도 합니다.

"나쁜 녀석, 일루 와. 아빠도 똑같이 꼬집을 거야! 너 이렇게 꼬집으면 좋아?"

그러면서 정말 통통한 아기 얼굴을 한 움큼 집고 꼬집기도 합니다.

아기에게는,

"아빠가 너 미워서 그러는 게 아니라 잘못된 거 알려주려고 그러시는 거야."

아빠에게는,

"아기가 자기 미워서 그러는 게 아니라 손 힘 조절이 안 돼서 그러는 거야."

둘. 엄마로 산다

엄마는 중간에서 둘을 화해시키고 이해시키느라 정신이 없습니다. 어른들이 말씀하시던 큰 아기와 작은 아기 키우는 심정, 이제야 이해가 됩니다. 우리 집에는 큰 아기와 작은 아기가 있습니다.

그 둘을 키우는 나만 어른입니다.
어른은 오늘도 힘이 많이 듭니다.

# 헷갈려

그녀에게 있는 두 명의 엄마.

1번 엄마.
주 오일제 엄마,
**할머니.**

2번 엄마.
주 이일제 엄마,
**나.**

주 이일제 엄마와 함께한
주말이 끝나고
월요일 아침이 오면
우리 가은이는 헷갈립니다.

주말 엄마인 진짜 엄마가 엄마인가?
주중 엄마인 할머니가 엄마인가?

둘. 엄마로 산다

그렇게 우리 아기에게는
엄마가 두 명입니다.

그래서
우리 아기는 무척 헷갈립니다.

가은이는 하루에도 수십 번씩 '엄마!'를 불러댑니다. 아직 말이 서툰 가은이는 본인이 원하는 것을 해달라고 할 때도, 먹고 싶은 것이 있을 때도, 밖에 나가고 싶을 때도 엄마를 연속으로 열댓 번씩 부르곤 합니다.

그런데 우리 가은이한테는 엄마가 두 명 있습니다. 일주일 중 주말 이틀만 담당하고 있는 저는 항상 주 중 엄마인 시어머니 뒤로 밀려나는 편입니다.

퇴근 후 두 명의 엄마가 같이 있는 시간이면 가은이는 "엄마~!" 하고 외쳐대며 정작 진짜 엄마인 제 앞을 휑 지나쳐 갑니다. 엄마를 부르며 내 아기는 내가 아닌 할머니 품에 안깁니다.

저를 부르는 줄 알고 한껏 펼쳤던 두 손이 민망합니다. 민망함도 잠시 그저 할머니라도 엄마로 알며 참 잘 따르는 가은이가 고맙기만 합니다. 하지만 또 한편으로는 측은한 마음에 씁쓸한 미소가 지어집니다.

저는 굳이 "가은아, 엄마가 엄마잖아!"라고 일러주지 않습니다. 그러면 가은이가 더 헷갈릴 테니까요.

내 아기가 헷갈리는 것보다는 그저 주 중 엄마인 할머니랑 잘 노는 모습을 지켜보는 게 더 좋습니다.

할머니와 마주 보며 웃는 그 모습을, 같이 뛰며 깔깔거리는 그 웃음소리를 가은이 진짜 엄마는 자기 눈 속에, 그리고 귓속에 가만히 담습니다.

내일 회사 출근해서 꺼내어 보려고 그렇게 꼭 꼭 담아 둡니다.

셋

# 일과 산다

# 아기 사진

눈에 보이면,
아기 사진이 눈에 보이면
자꾸 보고 싶습니다.

제게는 일하는데
분명히
심각한
큰
방해입니다.

바탕화면 다른 사진으로 대체.
아기 사진 삭제.

그렇게 한 나는
독한 년.

그런데 혹시 그거 아세요?

독하지 않으면
워킹맘 노릇
아예 할 수가 없습니다.

맞습니다.

그래서
저는 독한 년입니다.

워킹맘들은
이 세상에서
제일 독한 여자들입니다.

워킹맘이 된 이후 주변 사람들로부터 가장 많이 듣는 말 중 하나는 바로 "독하다."입니다. 물론 이 말은 순화된 표현이고, 대놓고 "독한 년." 하고 말하는 사람들도 있습니다.

제가 생각해보아도 저는 참 독합니다. 스스로도 제 자신이 가장 독하다고 생각한 때는 핸드폰 바탕화면의 아기 사진을 삭제했을 때입니다.

외부 인사와 전화 통화가 잦은 일의 특성상 핸드폰은 일하면서 옆에 끼고 사는 물건입니다. 자리를 비울 때가 많기 때문에 주로 회사 전화가 아닌 핸드폰으로 통화할 일이 많기 때문입니다. 그래서 자연스럽게 하루에도 수십 번씩 핸드폰 바탕화면에 노출됩니다.

그런데 문제가 발생했습니다. 보통의 엄마들처럼 아기 사진을 핸드폰 바탕화면으로 설정해 놓았는데, 이 사진에 노출될 때면 제 마음이 무너져 내립니다. 아무렇지 않게 일하다가도 한참을 아기 사진에 빠져서 보다 보면 어느새 눈에 눈물이 맺힙니다.

"이 대리는 이렇게 나와 있으면 애 생각 안 나나?"

"일에 빠져 있을 때는 생각 안 나는 편이에요."

주변 사람들의 물음에 이렇게 답할 때면 주변에서도 그러거니와 스스로도 '나 참 독하다.'라는 생각이 듭니다. 바쁘게 일을 하다 보면 출근해서 퇴근할 때까지 까맣게 잊고, 집에 두고 온 아기 생각을 한 번도 안 할 때가 많기 때문입니다.

이런 저를 단 한 번에 무장해제시키는 것이 바로 핸드폰 바탕화면에 넣어둔 아기 사진입니다. 그래서 저는 큰마음 먹고 핸드폰 바탕화면에서 아기 사진을 삭제했습니다. 그곳에서 삭제했다고 제 마음에서 삭제될 리 만무하지만 말입니다.

하지만 워킹맘도 엄연히 회사원입니다. 그래서 회사에서 일을 할 때는 아기 생각 금지입니다. 100% 일만 생각해도 잘될지 안 될지 모르는 일들이 쌓여 있는 곳이 비즈니스 현장입니다.

제가 독하다고요? 맞습니다. 저는 참 독한 여자입니다. 독한 엄마입니다.

하지만 우리가 사는 지금 여기 대한민국에서 저는 독하지 않고서 살아남을 수 있는 방법을 모르겠습니다.

독하지 않고서는 도저히 대한민국 워킹맘으로 살아남을 수가 없습니다.

그래서 '독한 여자'는 선택이 아닙니다. 처절한 생존의 문제입니다.

셋. 일과 산다

**독한 년 시그널**

1. 핸드폰 바탕화면이나 잠금 화면에 아이 사진이 없다.

2. 집에 야근한다고 거짓말하고 회식에 참석한다.

3. 부쩍 술이 당긴다.

4. 회사에서 일로 인정받는다.

5. 평상시 몸이 바짝 긴장해 있다.

6. 항상 계획대로 일이 진행되지 않으면 불안하다.

7. 남편과 다투는 일이 많아졌다.

8. 잘 아프지 않다가 한번 아프면 크게 아프다.

9. 가끔씩 병원 링거에 의존할 때가 있다.

10. 자꾸 보약에 손이 간다.

11. 아이에게 물건으로 보상하려고 한다.

12. 혼자 있을 때 이유 없이 가끔 눈물이 난다.

이러한 시그널은 내 몸이 보내는 신호입니다. 절반 이상 해당한다면 생존을 위해 '독한 여자'가 되셨을 확률이 높습니다. 이런 분들께 두 가지만 당부드리고 싶습니다.

첫째, 몸에 힘 좀 빼세요. 그래도 됩니다. 누가 안 잡아갑니다. 나도 내 가족도 다 괜찮을 겁니다. 그러니 너무 긴장한 채 살지 마세요.

둘째, 죄책감 갖지 마세요. 아이한테 미안할 수는 있습니다. 하지만 우리가 일하는 게, 그래서 아이와 함께 시간을 많이 못 보내주는 게 엄밀히 말해 죄는 아니잖아요. 죄 자체가 성립하지 않으니 죄책감 갖지 말자고요. 죄책감은 스스로에게 주는 무거운 마음의 돌덩이입니다.

이 두 가지를 지켜야 계속 대한민국의 워킹맘으로 독하게 살아낼 수 있습니다.

셋. 일과 산다

# 언제?

솔로일 적에,
언제 남자친구 생겨?
곧이오.

커플일 적에,
언제 결혼해?
아마, 1년쯤 뒤에요.

새댁일 적에,
언제 애 생겨?
무슨, 벌써요. 1~2년쯤 뒤에요.

엄마일 적에,
언제 둘째 낳아?
······.

안 낳아요.

턱도 없어요.
어림없어요.

일단
저부터 좀 살고요.

사람들은 참 궁금한 것도 많습니다. 솔로일 적에는 언제 남자친구 생기는지 묻고, 기껏 남자친구 생겼더니 이번에는 언제 결혼할 거냐고 묻습니다.

결혼을 했다고 끝난 것은 아닙니다. 유부녀가 된 순간부터 만나는 사람마다 인사말처럼 애 언제 낳느냐고 묻기 시작하니까요. 사실 임신이란 것이 참 개인적인 사생활인데, 우리나라에서는 유부녀에게 건네는 인사말 정도인가 봅니다.

이제 결혼도 했고, 애도 낳았고, 그래서 '언제?' 질문은 더 이상 안 받을 줄 알았습니다. 하지만 요즘 만나는 사람마다 인사말처럼 건네는 말이 있습니다.

"언제 둘째 낳아?"

저의 대답은 손사래와 함께 자동 반사적으로 바로 튀어나옵니다.

"턱도 없어요."

"어림없어요."

"일단 저부터 좀 살고요."

저도 언니가 한 명 있는데, 언니가 있어서 참 좋습니다. 평생 제게 언니 같고, 친구 같고, 부모님이 맞벌이하던 어린 시절에는 부모님 대신인 그런 존재였으니까요.

그래서 저도 제 딸 가은이한테 저와 언니 사이처럼 살라고 동생 한 명 만들어주고 싶습니다.

하지만 나부터 좀 살고 볼 일입니다. 내가 있어야 아기도 있습니다. 나라에서는 왜 사람들이 둘째를 낳지 않는지, 아니 낳지 못하는지 고민해봐야 합니다. 우리나라 출산율을 높이려면 '워킹맘 둘째 낳기 프로젝트'부터 하루빨리 시행해야 합니다.

일단 내가 죽겠어도 아이를 위해 동생 한 명 더 낳고 싶은 것이 엄마 마음이니까요. 우리 엄마들은 자꾸 미안해하는 몹쓸 병에 걸렸으니까요. 그래서 당장 손사래 치며 절대 안 낳는다고 해도, 첫째 위해서라며 잘 꾀면 넘어올 법합니다.

대한민국의 저출산 고민에 '워킹맘 둘째 낳기 프로젝트'를 제안합니다. 이런 것에라도 기대어 저도 둘째 낳아볼 마음 가져보게요. 아직까지는 미안함보다 '일단은 나 먼저 살고 보자'는 이기심이 더 큽니다. 그래서 도무지 엄두가 나질 않습니다.

워킹맘이 고민 없이 둘째 낳을 수 있는 나라, 언제 올까요? 오긴 올까요?

셋. 일과 산다

워킹맘이 감당하기에는 너무 무거운 둘째의 무게, 좀
덜어주세요(제발~).

# 분노 조절 장애

자꾸 화가 나서
한번 치받을까

회사원들이 주로 걸리는 병입니다.
몹쓸 병입니다.

그 병의 이름은
분노 조절 장애입니다.

저처럼
직급 낮은
부하 직원들만 걸린다는
몹쓸 병입니다.

당신의 부하 직원은 안녕한가요?
분노 조절 장애에 걸리지는 않았나요?

한 회사에 8년 넘게 일하며 얻은 병이 하나 있습니다. 그것은 분노 조절 장애입니다. 분노가 잘 조절되지 않습니다. 불같은 화가 확 치밀어 오릅니다. 뜨거운 불덩어리가 가슴속 깊이 자리를 차지하고 활활 타오르다가 가라앉기를 반복합니다.

이 분노는 무기력에서 비롯됩니다. 내 의견을 말할 수도 없고, 그저 얌전하게 상사의 지시에 순응해야 하는 나의 무기력에서 시작합니다. 차가운 무기력이 뜨거운 분노를 불러일으키고, 나는 그렇게 열병을 앓게 되었습니다.

오늘도 내 옆자리에 한 명, 뒷자리에 여러 명이 분노 조절 장애로 심각한 정신이상 증세를 보이고 있습니다.

아마도 몇 명은 차가운 소주 몇 잔에 기대어, 또 몇 명은 뜨거운 뒷담화에 의존해 피폐해진 정신을 치료할 성싶습니다(화이팅~).

# 워킹맘 둘째 낳기 프로젝트

임신 중 눈치 주기 금지법 시행.
입덧 중 안식주 주기령 시행.
만삭 중 동료 태교 동참령 시행.
육아휴직 후 제자리 자동 복귀법 시행.
복직 후 반년 정시 퇴근법 시행.
돌 전 예민 심리 케어법 시행.

혹시 또 모르는 일입니다.
이렇게 된다면
둘째를
낳을지도요.

그 전엔
워킹맘의 둘째 낳기,

"턱도 없습니다."
"어림도 없습니다."

우리나라는 요즘 남자 여자 둘이 결혼해 자식 한 명을 낳습니다. 그나마 한 명이라도 낳으면 다행입니다. 이러니 당연히 인구가 줄어들 수밖에요. OECD 국가 중 출산율 최하위를 기록하는 것이 어찌 보면 당연한 일입니다.

아무리 생각해보아도, 두 번 생각해보아도, 세 번 생각해보아도 지금 현실에서 둘째는 턱도 없습니다. 현실을 몰랐으니 하나 낳았지, 이 모든 걸 다 알고 뻔히 앞이 보이는데 하나를 더 낳을 용기가 차마 없습니다.

혼자 노는 아기 모습에 마음이 짠하지만, 아이 사회성 떨어진다는 말에 또 한 번 흔들리지만 내가 처한 현실이 턱도 없고 어림없기에 시간은 자꾸 그렇게 흘러갑니다.

매일매일 부딪히는 워킹맘의 현실이 둘째 낳기를 어림없게 만듭니다.

# 멈추면 비로소 보이는 치킨집

멈추면
비로소
보입니다.

벌써 나가라는 직장.
이미 잃어버린 건강.
어느새 마음이 떠나버린 가족.
이제는 서로 무관심해진 배우자.
오래전부터 관계가 소원해진 친구.

그럼에도 불구하고 초라한 통장.

회사를 관두면
멈추고

멈추면
보이기 시작합니다.

멈추기 전에는
안 보여
큰일입니다.

이런 말을 들은 적이 있습니다. '멈추면 비로소 보이는 치킨집!'

회사를 그만두고 수많은 직장인들이 프랜차이즈 가맹점을 차린다는 것을 빗대어 한 말입니다. 듣자마자 쓸쓸한 미소가 지어지지만 격한 공감을 이끌어내는 직장인용 우스갯소리입니다.

우리가 회사를 다니는 것에는 결국 '끝'이 있습니다. 그 끝이 자의든 타의든 사실 그것은 중요치 않습니다. 중요한 것은 한 명도 빠짐없이 누구나 다 회사를 그만두는 그 때가 온다는 것입니다.

하지만 많은 직장인들이 아직도 애써 그것을 잊어버리고 삽니다. 그래서 한참 잊고 지내다가 막상 그것이 현실로 다가오면 적잖게 당황하게 됩니다. 그 당황스러움이 많은 퇴직자들을 프랜차이즈 가맹주로 변신시킵니다.

그래서 우리는 회사에 의해 강제로 멈춰지기 전에, 스스로 잠시 멈추어 생각해보아야 합니다. 멈추면 보이고, 계속 생각하다 보면 더 선명히 보이는 법입니다.

회사에 의해 멈춰지기 전에 스스로 멈추어 바로 보아야 합니다. 애써 못 본 체하지 말고, 잊어버리지 말고, 현실을 직시해야 합니다. 그래야 멈추면 비로소 보이는 것이 치킨집이 아닐 수 있습니다.

셋. 일과 산다

### 스스로 잠시 멈추어 보는 방법

1. 당장 급하지는 않지만 꼭 만나고 싶은 사람들 리스트를 작성해서 만나러 다닙니다. 당장 시급하게 만나야 하는 사람들은 언제나 회식 자리 팀장님과 동료들일 가능성이 높습니다. 긴급하지는 않아도 꼭 만나고 싶은 사람 리스트를 정리해서 정기적으로 만나 그들의 이야기를 들어보세요. 다른 세상에 대한 자극으로 가득할 겁니다.

2. 정기적으로 어떤 부류의 책이라도 좋으니 꼭 책을 읽습니다. 책만큼 내 생각을 자극하는 것은 또 없습니다.

3. 월급 외의 돈을 벌 수 있는 방법이 무엇이 있을까 고민해보세요. 안정적으로 월급의 반 정도 벌 수 있는 일을 찾으면 시야가 넓어지고 행동이 자유로워집니다.

4. 마지막 4번이 가장 중요합니다. 지금 하고 있는 일을, 내게 주어진 그 일을 '남다르게' 합니다. 그 속에서 몰입하게 되고, 그 과정 속에서 문득 멈추어 보게 됩니다. 내게 주어진 그 일을 남다르게 하다 보면, 스스로 혹은 그저 아는 사람이었던 누군가가 잠시 내가 멈출 수 있도록 도와주게 마련입니다.

# 옛날 옛적에

개인의 사리사욕을 채우는 데 급급한 탐관오리형.
위에 아첨하며 위신이라고는 없는 이방형.
천하를 호령할 듯 카리스마 가득한 장군형.
대쪽같이 곧은 심지의 청렴결백한 사대부형.
바르지만 조금 부족한 몰락한 양반형.


이상, '상사의 종류' 였습니다.


위로 올라갈수록
탐관오리와 이방들이 가득합니다.


나라 꼴이 말이 아닙니다.
회사 꼴이 말이 아닙니다.


직급이 올라갈수록
어떤 상사가 될지에
많은 생각을 할애해봄 직합니다.

퇴근길 같은 부서에 근무하는 동기와 상사의 종류에 대한 분류 놀이를 했습니다. 탐관오리에서부터 아첨하는 이방, 회사를 위해 가장 전방에서 싸우는 장군, 대쪽 같은 사대부, 몰락한 양반까지 모든 상사들을 이 다섯 가지 캐릭터로 압축할 수 있었습니다. 상사 분류 놀이하느라 꽉 막힌 퇴근길 차 안에서는 웃음소리가 끊이질 않습니다.

하지만 차에서 내려 아파트로 걸어가는 길은 더 이상 유쾌하지 않습니다. 직급이 점점 올라가면서 나 또한 어떤 모습의 상사가 될지 고민입니다. 과연 나는 탐관오리와 이방형 상사가 되지 않을 자신이 있는가?

그래서 우리는 가끔씩 나와, 내가 바라보는 나를 뚝 떼어놓고 보는 연습을 해야 합니다. 그래야 직급이 올라가도, 상사가 되고 나서도 탐관오리와 이방이 되려는 유혹에서 벗어날 수 있습니다.

살아남아야 합니다. 회사 또한 정치판이라고 하지 않습니까! 하지만 이왕이면 용맹한 장군으로, 존경받는 사대부로 그렇게 살아남고 싶습니다.

그렇게 직급이 올라가고, 그렇게 나이 들고 싶습니다.

# 어떤 부하 직원이세요?

부쩍 내가 어떤 부하 직원인가에 소홀해집니다.


아이를 낳고
복직을 하고
매일 부딪히는 엄마 노릇에
'나는 어떤 엄마인가'에 대한
자책과 질문과 고민이 이어지지만
정작 '나는 어떤 회사원인가'에 대한 고민은 줄어듭니다.


상사의 말 바꾸기와 그의 표리부동이
내 얼굴에는 관리 안 되는 굳은 표정을,
가슴속에는 뜨거운 불덩어리를 얹어놓습니다.


화병을 말이 아니라 몸으로 배웁니다.
무기력증을 말이 아니라 머리로 느낍니다.


나는 어떤 부하 직원인가?

상사 앞에서 정색하고
기분 나쁜 티 팍팍 내고
결국 포기해버리는 사람인가?

내가 아닌
상사의 잘못이라고
치부해버리면 편할 것을
나는 자꾸 나를 돌아보게 됩니다.

나는 어떤 부하 직원인가?
나는 그에게 어떤 부하 직원인가?

혹시
만에 하나

그의 잘못이 아니라
나의 잘못이라면

정말 그렇다면
어쩌면 좋지요.

직장 생활하면서 한 번이라도 상사 욕을 안 해본 사람이 있을까요? 상사 험담은 술자리의 좋은 안줏거리가 됩니다. 씹어도 씹어도 짠맛이 나는 오징어처럼 씹어도 씹어도 이야깃거리가 끊이질 않습니다.

상사분들 억울해하지 마세요. 저희도 숨 좀 쉬어야죠.

하지만 질문을 바꾸어 생각해봅니다. '상사는 어떤 사람인가?'에서 '나는 어떤 부하 직원인가?'로 말입니다. 상사 욕을 한참 하다가도 질문을 바꾸어놓고 생각해보니 마음이 착잡해집니다.

상사와 부하 직원 사이는 이번 생애에서는 절대 좋아질 수 없는 걸까요? 적어도 상사들은 이번 생에 절대로 변하지 않을 거라는 것은 분명합니다.

그래서 무언가 달라지고 싶다면 부하 직원들이 달라지는 방법 외에는 달리 뾰족한 수가 없습니다. 방법은 우리 부하 직원이 변하는 것입니다. 몇 번을 다시 생각해보아도 상사가 달라질 리는 없습니다. 절대로 그들은 변하지 않습니다. 그러니 내가 달라지는 수밖에요.

# 회사원 분류

회사에는
딱 두 종류의
직장인이 있습니다.

돈만 벌기 위해
애쓰는 회사원.

돈만을 벌기 위해
애쓰지는 않는 회사원.

돈만 벌기 위해
애쓰는 회사원은
초라합니다.

돈만을 벌기 위해
애쓰지는 않는 회사원은
화려합니다.

돈만 벌기 위해
애쓰는 회사원의
어깨는 참 좁습니다.

돈만을 벌기 위해
애쓰지는 않는 회사원의
어깨는 참 넓습니다.

돈만 벌기 위해
애쓰는 회사원은
올라갈수록
'정치'하느라 여념이 없습니다.

돈만을 벌기 위해
애쓰지는 않는 회사원은
올라갈수록
'자신의 역량'을 개발하느라 여념이 없습니다.

셋. 일과 산다

"왜 일해요?" 이 질문에 대한 답은 99% 엇비슷하게 나옵니다. 내가 생각하는 지금 그것이 대부분의 사람들이 생각하는 바로 그 답입니다.

"왜 일해요? 일 왜 합니까?"

이 질문에 대한 대답은 언제나 같습니다.

"돈 벌려고요. 먹고살려고요. 애가 둘이에요."

대충 이런 부류의 말들입니다. 하지만 잘 생각해보면 돈은 목적이나 이유가 아닌, 일을 해서 얻는 결과에 가깝습니다.

결과를 이유로 알고 일하는 사람들은 점점 초라해집니다. 어깨가 좁아집니다. 직급이 올라갈수록 일이 아닌 정치를 하느라 여념이 없습니다.

물론 정치만으로 회사에서 성공하는 회사원들도 많이 보아왔습니다. '회사에서는 정치만 잘하면 되겠네.'라는 생각이 들기도 할 듯싶습니다.

하지만 직장인 모두가 알고 있지만 일부러 모르는 체하는 진실 하나를 똑바로 직시하면 상황은 달라집니다. 이제 정치만 해서 될 일이 아닙니다.

그것은 우리 모두는 내가 원하건 그렇지 않건, 그것이 자의든 타의든 언젠가는 꼭 회사를 떠나야 한다는 것입니다.

정년퇴직까지 다닌다 해도 아직 내 인생의 절반이 남아 있습니다. 게다가 그 때는 자식에게 제일 돈이 많이 들어가는 시기이기도 합니다. 그래서 지금 하는 일을 돈만 벌기 위해 해서는 안 됩니다. 또 회사 정치에 집중해서도 안 됩니다. 지금의 일을 하면서 자신의 역량을 개발하고, 그것을 회사의 비전과 합치시켜 나가야 미래의 내 뒷모습에 당당해질 수 있습니다.

똑같이 걸어가는 두 상사의 뒷모습만 보아도 그 두 분을 분류할 수 있습니다. 특히 남자들은 나이가 들수록 뒷모습에서 확연한 차이가 납니다.

남자의 자신감은 돈도, 머리도, 체격도 아닙니다. 바로 그 뒷모습의 어깨를 보면 알 수 있습니다.

내 어깨는 초라합니까, 화려합니까?

나는 정치하느라 여념이 없습니까, 아니면 자신의 역량 개발에 여념이 없습니까?

나이 들수록 회사에서 내 뒷모습의 어깨를 신경 써야
합니다.
그 누구도 아닌 나 스스로 책임져야 합니다.

# 재미있냐

생수 병 구겨뜨리는 소리
까르르르.
소쿠리 머리에 쓰고 그 사이로 바라보는 세상
까르르르.

인형에 달린 까만 코
까르르르.
딸기를 먹을 생각에
까르르르.

넘어져도
까르르르.
방바닥에 떨어진 머리카락 주우며
까르르르.

어린 아기에게는 숨 쉬면서 벌어지는
모든 일이 재미난 모양입니다.

셋. 일과 산다

그런데
우리 어른들은 언제 재미있나요?
재미라는 게 무엇인지 알고 있기는 하나요?

삶이 놀이가 되기를
일이 재미있기를
일터가 재미있는 놀이터가 되기를.

회사가 재미있는 순간
내 삶이 달라집니다.

"회사 가는 거 재미있으세요?" 제가 이렇게 질문한다면 아마 열에 아홉은 절 쩨려보실 테죠. 재미는 아예 회사와 함께 붙을 수 없는 단어라고 생각하며 말입니다.

그래서 많은 사람들이 회사에서 재미를 찾는 대신 퇴근 후 즐길 취미 찾기에 여념이 없습니다. 하지만 그러기에는 정해져 있지 않은 나의 퇴근 시간이, 퇴근한다 해도 이미 지쳐버린 내 컨디션이 '재미'라는 단어와 나 사이를 자꾸만 멀리 떨어뜨려놓습니다.

'Work'라는 단어는 사실 '어른들의 놀이'에서 그 어원이 시작되었다고 합니다. 사실 우리들의 일은 놀이였습니다. 하지만 많은 직장인들은 일을 'Labor', 노동으로 여기고 힘겨워합니다.

어른들의 일은 정말 놀이가 될 수 없는 걸까요? 일이란 것은 게임처럼 몰입해서 신나게 할 수는 없는 걸까요?

어떤 직장, 어떤 상사, 어떤 일이냐도 중요하겠지만 가장 중요한 것은 '나의 마음'이 아닐까 합니다. 일이 재미있는 놀이가 되는 순간, 내 삶의 대부분을 차지하고 있는 내 일에 대한 정의가 바뀌는 순간 내 인생도 많이 달라져 있을 겁니다.

# 두 가지 법칙

또라이 질량보존의 법칙.
어디를 가나, 언제나
'일정 수의 또라이'가 존재한다.

지랄 총량의 법칙.
모든 사람이 평생 동안 쓰고 죽어야 할
'지랄의 총량'은 정해져 있다.

그러니 우리
너무 발버둥 치지 말자.

언제나, 어디서나
일정 수의 또라이는 존재하게 마련이다.

시점이 문제이지
모든 사람은 죽기 전에 다 쓰고 가야 할
지랄의 총량이 정해져 있게 마련이다.

다만
내가 만난 그 또라이가
그가 가진 지랄의 총량을
내게 다 쓰지 않기만을
바랄 뿐.

우연히 두 가지 법칙에 대해 알게 되었습니다. 어느새 직장 생활 8년차가 된 제게 이 두 가지 법칙은 뉴턴의 만유인력의 법칙보다, 아르키메데스의 부력의 법칙보다 강렬한 인상을 심어주었습니다. 아르키메데스가 목욕탕에서 유레카를 외치던 만큼의 깨달음은 아니지만, 저는 이 두 가지 법칙을 알게 된 덕분에 한결 마음이 편해졌습니다. 회사에서 만나게 되는 또라이 앞에서 이렇게 생각할 수 있었으니까요.

'이 또라이는 이곳에만 있는 것이 아니다. 내가 여기를 관둬도 비슷한 또라이는 다른 곳에도 항상 있다. 또한 그 또라이질 정도가 약하면 다른 여러 명의 또라이가 나타나서 그 이상함의 합을 반드시 채운다!'

그렇게 싫어하던 또라이가 어디로 옮겨 가면 그 자리는 또 다른 또라이로 채워집니다. 혹시 또 모르는 일이죠. 내가 그 또라이의 질량을 채워주는 존재일 수도요.

생각해보니, 제가 원래부터 가지고 태어난 지랄의 총량을 쓰느라 성질을 부릴 때에는 제 안의 또라이 모습을 발견하기도 합니다.

결국 우리가 사는 이 세상은 질량이 보존된 또라이들이 그네들이 가진 지랄의 총량을 다 쓰고 가는 곳입니다. 그러니 너무 시시콜콜 따지고 상처 받으며 살지 않았으면 합니다.

다만
내가 만난 그 또라이가
그가 가진 지랄의 총량을 내게 전부 다 쓰지 않는다면
그것으로 충분하지 않을까요?

(혹시 또 몰라요. 내가 그 또라이의 질량 일부를 채우고 있는지도요.)
(저의 지랄의 양은 충분히 소비하고 있는 게 분명합니다.)

# 움

가끔은 비움.
그래야 채움.
채워서
나를 바로 세움.

그리고 비로소
나를 키움.

가끔은 비워야 새롭게 채울 수 있는 공간이 생깁니다. 그렇게 비우고 채우는 과정을 반복해야 나를 바로 세울 수 있습니다. 나를 바로 세우면 비로소 나는 어제보다 더 커지게 됩니다.

비우고 채우고 세워서 나는 오늘도 어제보다 성장합니다. 그렇게 나를 키워나갑니다.

키워나가는 맛은 뭐니 뭐니 해도 나 자신을 키우는 것이 제일입니다. 종잣돈을 키우거나 자식을 키우거나 식물이나 동물들을 키우는 것에 비길 바가 못 됩니다.

나 자신이 커나가는 맛은 나만 느낄 수가 있습니다. 돈과 상관없이 내가 원하는 바대로 스스로가 커나감을 느낄 때 비로소 진짜 살맛이 납니다.

그래서 저는 오늘도 저를 비우고 또 채워서 저를 바로 세웁니다. 그렇게 오늘도 어제보다 조금씩 제 자신을 키워나갑니다. 저는 성공을 바라지 않습니다. 다만 어제보다 단 1밀리미터라도 제가 성장해 있기를 바랍니다.

저는 성공을 위해 치열하게 살지 않습니다. 저는 오늘도 제 자신의 성장을 위해 치열하게 살고 살고 또 삽니다.

넷

# 인간으로 산다

# 어떤 질문

평소 즐겨 마시는
스타벅스 돌체라떼를
주문하며 드는 생각.

맛있을까?
대신

이런 생각.

내 삶은 돌체한가?

'돌체'는 이탈리아어로 '부드럽게', '아름답게', '달콤하게'를 뜻하는 말입니다. 그래서 스타벅스의 돌체라떼는 달콤하면서도 씁쓸한 라떼의 맛을 갖고 있습니다. 평소 단것을 싫어하는 제 입맛도 이 돌체라떼에게는 마음을 내주었습니다.

캐러멜 마키아토의 달콤함은 혀가 아릴 정도로 달아 싫습니다. 바닐라 라떼의 달콤함은 인공의 바닐라 향이라 싫습니다. 그렇다고 아메리카노에 시럽은 뭔가 조화롭지 못합니다.

하지만 돌체라떼 이 녀석은 달면서도 씁니다. 달면서도 깊고 깊으면서도 부드럽습니다.

그래서 일하다가 당이 떨어질 때면 꼭 이 녀석을 챙겨 먹습니다. 마치 보약 먹는다는 심정으로 마십니다. 그 맛이 깊고 참 진합니다. 뿐만 아니라 마시는 즉시 충전되는 것 같아 꼭 몸보신하는 느낌입니다.

이렇게 돌체라떼는 달고 쓴 맛이 동시에 공존하는 참 신비로운 음료입니다. 그렇게 돌체라떼의 달고 쓴 맛에 푹 빠져 있을 즈음, 저는 연세대학교 신과대학 김상근 교수님의 강의를 듣게 되었습니다. 교수님은 그날 강의를 듣던 청중들에게 이런 질문을 던졌습니다.

넷. 인간으로 산다

"여러분의 삶은 지금 돌체하십니까?"

'돌체? 내가 좋아하는 음료 이름인데……?'
교수님의 물음은 '당신은 지금 이 순간 가슴이 뜁니까?' '진심으로 매혹되어 그 일을 하고 있습니까?'라는 뜻이었습니다.

내 삶이 돌체라떼의 달콤함처럼 매 순간 깊고 달달하며 가슴 뛰는가?

이 강의를 들은 후부터 저는 습관이 하나 생겼습니다. 지친 몸을 달래려 돌체라떼를 사러 가는 길이면 주문 전에 제 자신에게 질문을 던지는 것입니다.

"이은영, 네 삶은 지금 돌체한 거야?
지금 네 삶이 돌체하면서 돌체라떼를 사 마시는 거냐고?
돌체하지 않다면 그 이유는 뭔데?

그럼 어떻게 돌체하게 만들 계획인데?"

5,000원 남짓을 투자해 얻은 것치곤 꽤 좋은 질문들이라는 생각이
듭니다.
달고 쓴 맛의 돌체라떼를 마시며, 제 삶 또한 그 달고 쓴 부분들을
기억하고 또 계획합니다(아, 맛있다. 아, 씁쓸하다).

지금 당신의 삶은 돌체합니까?

여건이 되신다면 스타벅스 돌체라떼 한 잔 테이크아웃하며 이런
질문을 던져봐도 좋습니다.
블로그나 카톡으로 돌체한, 혹은 그렇지 않은 여러분의 이야기를
들려주셔도 좋겠군요!

넷. 인간으로 산다

# 용돈

부모님께
마음 내키는 만큼
용돈 드릴 수 있는


딱 그만큼만
돈 벌고 싶습니다.

도대체 돈은 얼마나 필요한 걸까요? 얼마가 있어야 이번 생애 돈 걱정 없이 살 수 있는 건가요? '10억'정도 일까요? 주변에서 10억 정도만 있으면 부자가 아니겠냐고 말합니다.

하지만 10억을 갖게 되면 아마 또 말이 달라질 겁니다. 그래도 20억, 그래도 30억쯤은, 아니 아예 감이 없을 정도로 100억 정도는 돼야 마음이 편해질지 모르겠습니다.

그래서 저는 기준을 이렇게 잡았습니다. 제가 원하는 부의 상태를 '돈의 액수'가 아니라 '부모님 용돈 드릴 때의 제 마음 상태'로 말입니다.

'20만 원 드릴까? 에이, 돈도 없는데 무슨. 그냥 10만 원만 드리자. 그래도 10만 원은 너무 적지 않나? 아니야, 이번 달에 돈 쓴 데도 많은데 10만 원만 드리자. 20만 원? 에이, 그냥 드리지 말까?'

돈 몇 푼에 제 마음이 열두 번은 더 왔다 갔다 합니다.

결국 20만 원 드리면 '10만 원만 드릴 걸 그랬나?' 하는 생각이 들고, 10만 원 드리고 나면 쪼잔한 제 마음에 속이 상합니다.

그래서 저의 돈에 대한 기준은 넓은 아파트 평수도, 고급 자동차 브랜드도 아닙니다.

넷. 인간으로 산다

그저 부모님 용돈 드릴 때 머리 굴리지 않을 만큼, 머릿속 계산기 두드리지 않을 만큼 딱 그만큼만 돈 벌고 싶습니다.

# 사기

살다 보면 억울해 죽을 때가 있습니다.
믿었던 사람에게
속았을 때가
가장 그렇습니다.

돈의 액수가 클수록
믿었던 정도가 깊을수록
나와의 사이가 더 가까울수록

나는
더 아픕니다.
더 억울합니다.
더 믿고 싶지 않습니다.

하지만
상대적으로
덜 아프고

덜 억울하며
빠르게 현실을 인정할 수 있는
방법이 있습니다.

그것은
'깨끗하게 잊는 것'입니다.

아까운 내 돈도
믿었던 그 사람도
그동안 우리가 함께한 시간도
그냥 빠르게 잊는 것입니다.

이미 잊었기에, 아니 그렇다고 억지로 믿고 있기에 그 아픈 순간이 기억나질 않습니다. 아니 기억나지 않는다고 그냥 믿어버립니다. 그런 체합니다. 그래야 내 마음이 편합니다.

잊었습니다. 믿었던 그 사람을 용서합니다. '그러려니, 그럴 사정이 있었겠지……' 합니다.

다만 내가 준 마음의 양만큼, 내 믿음의 크기만큼 딱 그만큼 저는 생각합니다. '다시는 만나고 싶지 않다. 다시는 얼굴 보고 싶지 않다. 다음 생에라면 모를까 이번 생에 우연히라도 다시는 마주치기 싫다.'라고 말입니다.

한참이 지난 마음의 상처는 지금까지 잊히지가 않나 봅니다. 가끔씩 꿈에서 우리는 다시 만납니다. 나는 여전히 두렵습니다.

내가 못 잊을까 봐, 용서하지 못할까 봐 문득 겁이 납니다.

우리 다시 보지 말자. 꿈에서라도 다시 보지 말자. 그렇게 없는 듯이, 없었던 일처럼 과거의 좋은 기억만 가끔 떠올리며 살자.

내 꿈에 그만 와라, 친구야.

# 낯선 울음

낯선 사람 앞에서
펑펑 운 기억이 있습니다.


그 낯선 사람은
처음에는 의심하다가
중간에는 애처로워하다가
끝에 가서 다시 화를 냅니다.


이 나이 먹어
몰랐다는 것으로는
변명이 되지 않는다고 말합니다.


나는 또 웁니다.
너무 맞는 말이라 또 웁니다.


내 속을 뒤집어 보여줄 수도 없는 일입니다.
그래서 그저 나는 펑펑 또 웁니다.

낯선 식당에서
낯선 사람들 틈에서
낯선 이야기를 접하고
나는 그렇게 웁니다.

하도 우니까
낯선 사람이
내게 언니 하자며
데리고 나갑니다.

낯선 사람이
언니가 된 순간입니다.

낯선 사람 앞에서 정말 펑펑 울어본 경험, 혹시 있나요? 참 창피한 일입니다. 서른 넘어 이 나이 먹어 할 행동이 아니지요.

개인적으로 참 아픈 일이 있었습니다. 믿었던 사람에게 제가 준 믿음의 대가를 톡톡히 치러야 했던 일입니다.

까맣게 몰랐던 그 일을 듣게 된 순간 처음에는 멍하다가 눈물이 뚝뚝 흘러내렸습니다. 제 앞에는 모락모락 김이 올라오는 육개장 뚝배기가 놓여 있는데 배조차 고프질 않았습니다.

지금도 저는 제가 겪은 그 일을 '사기'라고 부르고 싶지 않습니다. 저의 신뢰가 사기가 되어 돌아왔습니다. 특히 믿었던 사람에게 준 마음이었기 때문에 그만큼 더 아팠습니다.

제 믿음의 결과는 저뿐 아니라 그 낯선 사람에게도 아픈 영향을 미쳤습니다. 낯선 사람은 제대로 화가 나 있었습니다. 정말이지 속을 뒤집어서 보여주고 싶다는 말을, 머리가 아닌 가슴으로 제대로 이해할 수 있는 시간이었습니다.

주책없게도 수도꼭지 눈물이 멈추질 않습니다. 남자들은 여자의 눈물을 지겨워합니다. 다행히 낯선 사람은 '그'가 아닌 '그녀'였습니다. 그녀는 제 눈물의 의미를 알아챘던 걸까요?

이제 비즈니스 관계 말고 언니 하자며 절 데리고 나갑니다. 어깨도 한 번 토닥여줍니다. 그렇게 낯선 사람이 언니가 되었습니다.

이렇게 안 만나고 그냥 언니 했으면 더 좋았을 일입니다. 제 믿음을 깨버린 그 익숙한 사람이 가끔 생각납니다. 언니가 되어준 그 낯선 사람도 가끔 생각합니다.

육개장 먹을 때면 낯선 사람들 속에서, 그 낯선 장소에서 펑펑 울던 제 낯선 울음이 기억납니다. 당시에는 베인 살이 또다시 짓이겨지는 것처럼 아팠지만, 또 지나고 나면 언제 그랬나 싶습니다.

그렇게 상처도 슬픔도 점점 낯설어집니다. 그러니 화내지 말고 억울해하지 말고 그냥 내버려두면 됩니다.

시간이 그 일을 낯설게 만들 때까지 말입니다.

넷. 인간으로 산다

# 성공

자신이 사랑받고 싶은 사람으로부터 사랑받는 것.
-잭 웰치(Jack Welch)

성공은 당신이 아는 지식 덕분이 아니라, 당신이 아는 사람
들과 그들에게 비치는 당신의 이미지를 통해 찾아온다.
-리 아이아코카(Lee Iacocca)

세월이 갈수록 주변 사람들이 자신을 점점 더 좋아하게 되
는 것.
-짐 콜린스(Jim Collins)

**당신에게 성공은 어떤 의미입니까?**

제게 성공은 참 간단합니다. 이 세상 그 누구에게 쓸모 있는 사람이 되는 것, 그 '누구'가 많으면 많을수록 더 좋고, 그렇게 내 쓸모를 더 늘려가는 것, 이것이 이번 생에 제가 가진 성공의 정의입니다.

누군가에게 쓸모 있기를 바랍니다. 그렇게 살다 죽으면 참 행복할 것 같습니다. 제 인생의 소명인 어른들의 디즈니를 다 못 마치고 이번 생을 마무리할 수도 있겠죠. 하지만 그 과정 속에서 내가 누군가에게 꿈과 희망을 주는 디즈니였다면 그것으로 충분합니다. 저는 제 목표로 가는 과정 속에서 행복했으니까요.

당신에게 성공은 어떤 의미입니까? 남들이 정해놓은 답 말고 당신만의 정의를 묻고 싶습니다. 참 궁금합니다.

넷. 인간으로 산다

♀ 에세이 속 에세이

다른 사람 말고, 근사한 말 말고 '자신만의 성공의 의미'를 적을 수 있는 여백을 선물해드립니다.

♀ 나에게 성공이란?

성공에 대한 나 스스로의 정의에 따라 살면 좀 더 많이 웃으며 살 수 있지 않을까요?

행복……! 저는 거창하지 않다고 생각합니다. 그저 내게 행복감을 주는 일이 무엇인지 잘 살펴보고 하루에 5분, 10분이라도 점점 그 일을 하는 시간을 조금씩 더 늘려간다면 그게 행복이지 않을까요? 그럼 방법은 간단합니다.

**내게 행복감을 주는 그 일이 무엇인지 잘 생각해보고, 그 일을 아주 잠깐이라도 할 수 있는 시간을 확보하고, 앞으로 점점 더 그 시간을 늘려가면 됩니다.**

우리 그렇게 시작해봐요. 우리 그렇게 성공해봐요.

넷. 인간으로 산다

# 다시 그때로 돌아간다면

다시 20대로 돌아간다면
다시 결혼 전으로 돌아간다면
다시 애를 낳기 전으로 돌아간다면


다시 그때로 돌아간다면


정말 그럴 수 있다면
무엇을 하고 싶은가요?


정말 열심히 공부하기?
뜨거운 연애?
치열한 재테크?


우리 이렇게 합시다.


생각나는 모든 것들을
그 후회되는 모든 일을 지금 하는 겁니다.

그리고 질문을 바꿔보는 겁니다.
'그때로 돌아간다면 무엇을 하고 싶으냐?'에서
'나는 5년 후에 지금의 나를 어떻게 기억하고 싶을까?'로
말입니다.

그러면 그 때는
지금보다 훨씬
후회가 덜 남을 것입니다.

저는 나이 드는 것이 좋습니다. 다시 갈 수 있다고 해도 그 옛날 고등학생으로, 대학생으로 돌아가고 싶지 않습니다. 내가 예전에 산 그 삶을 다시 산다고 해도 고민은 또 있게 마련, 어려운 일은 다시 생길 테니까요.

당시에 목숨 걸고 갖고 싶었던 대학 간판이나 학교 성적도 살아보니 별것 아니라는 것을 다 알고 있는 상태로 그때로 다시 돌아가도, 분명 나를 괴롭히는 고민은 또 생길 겁니다. 분명히 그럴 겁니다. 의심의 여지가 없습니다.

영화 〈어바웃 타임〉은 과거로 돌아갈 수 있는 능력을 지닌 젊은이의 이야기입니다. 하지만 결국 주인공은 그 능력을 사용하지 않게 됩니다. 시간 여행으로 자신의 일상을 마치 두 번 사는 것처럼 살기 때문입니다.

그렇게 하루하루를 소중히 살다 보니 굳이 과거로 돌아가는 시간 여행 능력을 쓸 일이 없게 되었습니다.

다시 그때로 돌아간다고 해도 또 문제는 생깁니다. 원래 우리네 삶이 선택의 연속이기 때문입니다. 다시 그때로 돌아간다고 해도 또 선택이란 것을 해야 하고, 가지 않았던 길은 언제나 아쉬움을 남기게 되어 있습니다.

하지만 우리는 점점 나이 들어가며 오늘 부는 이 바람이 얼마나 좋은지, 나뭇잎 흔들리는 소리와 새 지저귀는 소리가 얼마나 평화로운지 알게 됩니다. 고등학생, 대학생 때는 관심조차 없었던 일인데 말이죠.

그때는 당장의 성적과 순위와, 기계에만 붙는다는 그 몹쓸 스펙이 중요했습니다. 하늘을 쳐다볼 여유가 없었습니다. 아예 하늘이라곤 없는 것처럼 살았습니다. 바로 고개만 들면 볼 수 있는 언제나 내 위에 있던 하늘이 전혀 보이지 않았습니다.

나이 든다는 것은 하늘 한 번 쳐다보고 "이야~." 하며 감탄사 한 번 낼 수 있는 것이 아닌가 싶습니다.

작은 것에 기뻐합니다. 길 한구석에 피어 있는 꽃 한 송이에 감탄사를 연발합니다. 나이 들수록 내 삶이 작고 소박한 감탄사들로 채워집니다.

그래서 나는 그때로 다시 돌아가고 싶지 않습니다. 대신 나는 열심히 미래의 나로 달려갑니다. 그리고 오늘의 나를 쳐다봅니다.

'미래의 나'는
'오늘의 나'를 어떻게 보고 있을까요?

내가 이루고 싶은 '미래의 나'에 비추어
'나의 오늘'은 합당한가요?

이런 질문을 던지며 살다 보면, 내 미래에서는 더 이상 다시 과거
의 오늘로 돌아가고 싶은 후회는 남지 않을지도 모릅니다.

# 인생

내 인생의 숨 쉰 날들을
다 합치면
그것이 내 인생일까?

아니다.
내가 살면서
숨이 멎을 것만 같았던
그 순간들을 모두 더해야

그것이 비로소 내 삶이 된다.

과연 나는
살면서 며칠이나
숨이 멈출 듯
두근거렸는가?

과연 나는 며칠이나 제대로 살았는가?

때로는 그냥 막살았던 것 같습니다. 재미있지도 않은 텔레비전을 보느라, 재미가 없으니까 계속 텔레비전 채널을 돌리느라……, 분명 내 몸은 그 공간에 있는데 딴생각을 하느라, 뭐가 그리 피곤했는지 계속 조느라, 낙서하느라, 카톡 보내느라…….

그래서 '내가 숨 쉰 날들의 합이 내 인생은 아니구나……'라는 생각이 듭니다. 그냥 막산 날들은 내 인생에서 빼야 맞는 것 같습니다. 그렇게 하고 나니 내 나이가 한참 줄어듭니다. 금세 그렇게 되고 싶던 10대의 나이로 돌아갑니다.

오늘부터 내 인생 나이를 다시 세어볼까 합니다. 한참 어려졌으니 다시 힘을 내서 이것저것 재지 않던 어린 시절처럼, 그렇게 내 인생의 합을 다시 만들어보렵니다.

다섯

그냥 산다

# 어떻게 노세요?

어떻게 노세요?
뭐하고 노세요?
누구랑 노세요?


그 대답이
곧 '나'를 설명하는 것일 수 있습니다.


노는 것도
참
잘 놀고 볼 일입니다.

예전에는 나의 놀이에 대해 깊은 생각을 해본 적이 없습니다. 하지만 나이가 들수록 내가 어떻게 노는지가 곧 나이구나 싶습니다. 내가 어떻게 노는지가 곧 나를 설명해주고 있었습니다.

20대 시절에는 참 많이 방황하고, 그러다가 술도 마시고, 참 많이도 마시고, 그러다가 연애도 하며 살았습니다. 그러고 보니 그게 20대의 나였습니다.

직장에 와서는 일만 했습니다. 일하다가 주말이면 또 회사로 출근해 부족한 업무량을 채웠습니다. 20대 후반에는 그게 나였습니다.

30대가 돼서는 결혼이라는 것을 했습니다. 그리고 치열하게 영어 공부를 시작했습니다. 틈이 날 때마다 영어랑 놀았습니다. 그게 나였습니다.

애를 낳은 후에는 애 키우느라 정신이 없었습니다. 그게 나였습니다. 어느덧 나를 잃어버린 것 같았습니다. 그래서 글을 쓰기 시작했습니다. 글을 쓰며 놀았습니다. 그래서 나는 지금 작가가 되었습니다.

지금은 일하며 애 키우며 글 쓰며 놉니다. 그것이 지금의 나입니다.

"어떻게 노세요?"

"뭐하고 노세요?"

"누구랑 노세요?"

그 대답이 곧 현재의 '나'를 가리키는 말입니다.

잘 놀아야 합니다. 노는 것도 참 잘 놀아야 합니다. 어떻게 노는지가 곧 나이기 때문입니다. 이제부터 이 글을 읽은 당신은 병에 걸립니다. 함부로 놀지 못하는 병입니다. 축하드립니다!

# 지하철 풍경

예전 지하철 풍경.

수다 떠는 사람.
화장 고치는 사람.
책 읽는 사람.
신문 보는 사람.
조는 사람.
생각하는 사람.
참 다양하기도 해라.

요즘 지하철 풍경.

스마트폰 보는 사람.
스마트폰으로 게임하는 사람.
스마트폰으로 사진 찍는 사람.
스마트폰으로 드라마 보는 사람.
스마트폰으로 음악 듣는 사람.

다섯. 그냥 산다

스마트폰으로 메시지 쓰는 사람.
스마트폰으로 무엇인가 읽는 사람.

사람 모습은
예나 지금이나
서로 다 다른데

하는 행동은
모두 같아졌습니다.

문득 무섭습니다.

지하철에서 주로 무엇을 하시나요? 저는 자주 멍하게 사람들을 쳐다봅니다. 나 말고, 내 친구 말고, 내 지인들 말고, 어떤 사람들이 있나 관찰하기에 지하철만큼 좋은 장소가 또 없습니다.

원래 좌석이 마주 보게 되어 있으니 사람들을 쳐다봐도 오해받을 리가 없습니다. 그렇게 오랜 세월 사람들을 보다 보니 달라진 지하철 풍경이 한눈에 들어옵니다. 요즘에는 지하철 안이 마치 획일화된 공장 같습니다. 모두 한 가지 포즈만을 짓고 있기 때문입니다.

어른 아이 할 것 없이 모두 스마트폰 속으로 들어갈 듯 고개를 푹 숙이고 있습니다. 사람들 모습은 예나 지금이나 모두 서로 다른데, 하는 행동은 모두 같아졌습니다.

그래서 일부러라도 특히 지하철에서는 스마트폰을 멀리하려고 부단히 노력합니다. 그 획일화된 공장에서 로봇처럼 있기가 괜스레 싫습니다. 그래서 스마트폰 대신 가방 속 얇은 책 한 권을 꺼내어 듭니다.

비인간적인 지하철 풍경에서 가장 인간적인 물건으로 이곳을 장식합니다(그러면 이유 없이 참 기분이 좋습니다).

# 88 젊음의 행진

응답하라 1994,
응답하라 1997.

복고 열풍을 타고
요즘 유행하는 것이 또 있습니다.

밤과 음악 사이.
88 젊음의 행진.

나이트와 술집의 중간쯤인 이곳에는
7080 노래들이 가득합니다.

이곳 중앙에는 큰 스테이지도 있어
사람들은 춤을 추며 음악을 즐깁니다.

무대 위의 만취한 아저씨,
야한 옷을 입은 짙은 화장의 아가씨,

음악만 틀었다 껐다 하는 영혼 없는 디제이.
문득 이곳의 내가 한없이 쓸쓸합니다.
학창 시절 즐겨 듣던 흥겨운 음악 소리에도
문득 이곳의 나는 한없이 슬픕니다.

참 재미없습니다.
괜히 왔습니다.

"은영 선배도 무척 좋아할 거예요. 이번에는 꼭 같이 가요." 후배들의 성화에 못 이겨 평소 얼씬도 안 하던 2차 장소로 향했습니다. 차를 타고 다리를 건너 강남까지 간 곳은 그 이름도 유명한 '88 젊음의 행진'이란 곳입니다.

최근 복고 열풍을 타고 큰 인기를 얻고 있는 7080 추억의 스테이지라고 해야 할까요? 나이트클럽도 아닌 이곳은 중앙에 큰 스테이지가 있고, 룰라, 쿨, DJ DOC 등의 흥겨운 노래가 흘러나옵니다.

모두가 즐겁지만 학창 시절 이런 곳에서 제대로 놀아본 추억이 없는 저에게는 참 불편한 자리가 되었습니다. 다른 사람들은 흥에 겨워 몸도 흔들고 분위기에 취했지만, 저는 여기 놀러 온 사람들 구경하느라 여념이 없습니다.

한겨울 두꺼운 오리털 점퍼를 절대 벗지 않고 춤을 추는 이상한 아저씨, 그 앞에서 그를 유혹하며 춤을 추는 섹시한 옷차림의 아가씨, 단체 회식 팀으로 잔뜩 취해서 몸을 흔드는 50대 팀장님, 그 앞에서 곤란해하는 20대 여직원들, 무표정으로 연신 음악만 틀다가 끝내 핸드폰으로 문자를 주고받는 영혼 없는 디제이.

이런 것들이 눈에 들어오다 보니 문득 이곳의 제가 한없이 슬퍼집니다. 노는 것도 학창 시절 놀아본 사람이 잘 노는 것입니다. 이런 흥겨운 곳에서 남들 모습 관찰하고 있으니 잘 놀 리가 없습니다. 학창 시절 이런 곳에 와본 적이 없으니 이곳의 이모저모를 관찰만 하고 있습니다.

노는 것도 때가 있습니다. 노는 것도 잘 놀아본 사람이 잘 놉니다. 젊어서 놀아봤어야 나이 들어서도 잘 놉니다.

결국 가장 먼저 그곳을 빠져나와 집으로 가는 버스를 타고 나서, 피식 웃음이 나옵니다. 참 멋없는 내 모습에, 애 엄마가 스테이지에서 박수 춤이라도 춘 것에, 그 더운 스테이지에서 끝까지 오리털 점퍼를 벗지 않았던 이름 모를 그 아저씨 생각에…….

예나 지금이나 잘 못 놀았지만, 그래도 오늘 저는 젊음의 행진 비슷한 것을 하고 돌아온 것 같습니다.

하지만 두 번은 안 갑니다. 고기도 먹어본 놈이, 노는 것도 잘 놀아본 놈이 잘 노니까요.

# 밥상을 차린다는 것

밥 한번 얻어먹기 거참 힘들다.
(그렇게밖에 정말 말 못하니?)


차리지 마. 밥 차리는 게 뭐 대수라고.
(내 말이 그게 아니잖아.)


안 먹고 말지.
(남편, 너 정말 이럴래?)

주말 동안 여섯 번의 밥과 여섯 번의 설거지를 했습니다. 지치고 힘이 듭니다. 설거지라도 하려고 하면 어느새 아기는 싱크대 앞 제 다리에 붙습니다. 고무장갑을 낀 제 손을 향해 자신의 짧고 도톰한 두 팔을 힘껏 뻗어 올립니다.

반드시 꼭 지금 자신을 안아달라는 두 큰 눈망울이 단호하기까지 합니다. 그 눈망울은 당장 안아주지 않으면 크게 울어버리겠노라 제게 선전포고를 하고 있습니다.

하지만 한창 설거지 중인 엄마는 축축한 고무장갑을 낀 손으로 아기를 안아 올릴 수가 없습니다. 다리에 매달린 아기를 흔들어 떼어 놓을 수도 없습니다.

슬슬 남편한테 화가 나기 시작합니다. 물론 남편의 항변도 일리가 있습니다. 자꾸 이쪽으로 오는 힘센 아기를 막을 방도가 없습니다. 그럼 좋은 방법은 남편이 설거지를 하는 것입니다. 왜 그 생각을 하지 못했을까 싶습니다.

하지만 우리 집의 업무 분장은 명확합니다. 남편은 청소, 저는 요리입니다. 요리에는 음식 만들기, 음식 차리기, 치우기, 설거지가 포함됩니다.

주말 내내 밥을 차리고 치우려니 밥과 함께 주말이 모두 흘러가버립니다. 그렇게 또 남편과의 다툼이 시작됩니다. "밥 한번 얻어먹기 힘들다."는 그의 말에 부인은 참았던 화가 끓어오릅니다.

그래도 사실 밥 먹는 것으로 이러면 안 되는 겁니다. 저는 어느덧 육아 앞에서 남편에게 눈칫밥을 먹이고 있었습니다. 억지로 차려 눈칫밥을 먹이느니 외식을 하는 게 낫습니다. 그만하면 될 일을 이것저것 다 내 손으로 해내려고 합니다. 모든 문제는 그것에서 출발하는지도 모르겠습니다.

밥상을 차린다는 것은, 내 가족에게 내가 믿을 수 있는 재료로 내 가족의 건강을 위해 하는 일입니다. 그 따뜻해야 할 집 밥이 남편에게 눈칫밥이 되었다면, 밖에서 먹는 음식이 더 나을 수 있습니다.

밥상을 차린다는 것은 귀찮은 집안일이 아닙니다.
가족을 위한 나의 사랑입니다.

밥상을 차리지 않는 날은 과감히 외식을 하면 됩니다. 또 내가 나의 사랑을 밥상으로 표현할 수 있는 날은 따뜻한 집 밥을 먹으면 됩니다.

그렇습니다. 그러면 됩니다. 그러면 싸울 일도 없습니다. 생각하고 보니 어려운 일도 아닙니다. 참 쉬운 일입니다.

### 삶의 기준

우리의 삶은 단 하나의 기준으로만 평가되고 영위되는 것이 아닙니다. 건강과 돈, 육아와 일, 건전한 인간관계도 중요한 요소입니다. 그런데 그것들을 모두 100점으로까지 끌어올릴 수는 없는 일입니다. 그래서 저는 마음을 고쳐먹었습니다. 육아에서도 일에서도 모두 100점은 애당초 글렀습니다. 내 삶을 억지로 크고 완벽하게 만들려고 하는 대신, 좀 조그마하고 모자라지만 충실하고 풍요로운 삶으로 만들어보는 것은 어떨까요? 때로는 100점이 아닌 70점짜리로, 완벽하진 않지만 균형 있는 성실하고 행복한 삶을 살아가는 것도 좋지 않을까요?

다섯. 그냥 산다

# 파주 가는 길

시외버스를 타고 파주 가는 길.
그 길이 공항 가는 길을 닮아 즐겁습니다.


오랜만에 타본
빨간색 시외버스가 공항버스를 닮아
기분이 설렙니다.


조만간 계절이 바뀌면
아기가 크겠죠.


그러면
시외버스가 아닌
진짜 공항버스를 탈 수 있겠죠.

요즘에는 어디 해외를 가고 싶은 것이 아니라 그냥 단순히 공항에 가고 싶습니다. 어디 딱히 가고 싶은 해외도 없으면서 그냥 비행기 한번 타고 싶습니다. 모두 어딘가로 떠날 채비를 하고 있는 공항의 들뜬 공기가 좋은가 봅니다.

괜히 거기 가서 그 공기 맡으며, 맛도 그저 그렇고 값도 비싸지만 공항 식당에서 밥도 먹고 커피도 한잔하고 싶습니다. 그 들뜬 공기 덕에 내 기분도 붕 띄우고 싶습니다.

좌석도 불편하고 좁은 공간이지만 비행기 좌석에 앉아 책도 읽고 굳이 거기서 영화도 보고 싶습니다. 오늘 기내식은 뭐가 나올까, 스테이크, 비빔밥 메뉴 중 선택도 해보고 싶습니다. 정말 별게 다 해보고 싶습니다.

정해진 어느 나라를 가고 싶은 것이 아니라, 그저 공항 한번 가보고 싶습니다. 그냥 비행기 한번 타보고 싶습니다. 인천에서 비행기 타고 몇 시간 있다가 다시 인천으로 되돌아와도 좋으니 그 녀석 비행기 한번 타보고 싶습니다.

애 낳고 보니 요즘엔 참 청승맞게 별게 다 해보고 싶습니다.

다섯. 그냥 산다

# 청춘

젊음은 젊은이에게 주기에
너무도 아깝다.

하지만 늙은이에게
그 새파란 젊음을 주어도
아무 소용이 없다.

그들은
그것을 누릴
'체력'이 없다.

결국 아까워도 젊음은
젊은이만의 것일 수밖에.

'청춘 페스티벌'이란 곳에 다녀왔습니다. '당신의 망한 생을 위한 유일한 축제. 청춘 페스티벌'이라는 광고 문구가 너무도 자극적이었기 때문입니다. 청춘의 고민과 그들만의 축제를 느껴보고 싶었습니다.

축제는 한강시민공원에 야외무대를 차려 진행이 되었고, 날은 무척 무더웠습니다. 숨이 턱턱 막히는 열기에 햇볕은 뜨거웠고, 강바람은 축축 늘어지게 습했습니다. 결국 강연을 고작 한 시간 듣고, 저와 제 늙은 친구들은 탈진해서 근처 커피숍에서 두 시간을 쉬어야 했습니다.

공원 옆, 시원한 커피와 단 케이크를 파는 커피숍이 없었더라면 저희들은 아마 쓰러지고 말았을 겁니다. 두 시간의 휴식을 마치고 다시 야외무대로 이동하면서 저는 오늘의 청춘 페스티벌에 대해 요약정리에 들어갔습니다. 우리들은 벌써 집에 갈 채비를 하고 있었기 때문입니다.

"젊음은 젊은이에게 주기에 너무나 아깝다. 하지만 늙은이에게 주어도 아무 소용이 없다. 그들은 그것을 누릴 체력이 없기 때문이다." 제 늙은 친구들은 격하게 공감했습니다.

다섯. 그냥 산다

만약 내가 다시 20대로 돌아갈 수 있다면 어떨까? 사실 저는 다시 돌려보내 준대도 싫습니다. 지금의 제가, 제 나이가 좋기 때문입니다.

20대의 나보다 지금의 나는 하늘 한 번 쳐다볼 여유가 있습니다. 저는 비로소 지금 불어오는 바람이 주는 기쁨을 아는 나이가 되었습니다. 이제야 나이 들어가는 사람의 기쁨을 알게 되었습니다.

청춘은 신체의 언어가 아닙니다. 청춘은 정신의 언어입니다. 생각이 젊어야 청춘입니다. 20대도 생각이 늙으면 노년입니다.

당신의 생각 나이는 몇 살입니까? 당신은 청춘입니까?

**👪 청춘 나이 계산법**

(해당되는 만큼 본인의 나이에서 1씩 빼세요.)

1. 새롭게 배우고 싶은 게 있다.

2. 하루에 한 끼는 면이 먹고 싶다.

3. 가끔 내가 결혼한 것을 잊을 때가 있다.

4. 전화보다 문자나 카톡이 편하다.

5. 아침에 일어나기가 힘들다.

6. 여전히 호기심이 생긴다.

7. 때마다 새 옷을 장만한다.

8. 근사한 밥 한 끼보다 좋은 물건이 더 좋다.

9. 중간 화장을 한다.

10. 요즘 노래를 들어도 좋다.

사실 위의 항목들 중 핵심은 1번과 6번이 아닐까 합니다. 늙지 않기 위해서가 아닙니다. 더 풍요롭게 살기 위해 배우고, 호기심을 잃지 않기 위해 오늘도 의도적으로 노력해봅니다.

그리고 나니 정말 사는 게 재미있습니다.

# 완벽주의자가 모르는 것

그만큼 하면 될 일을
100% 완성하려고
시간과
에너지를 낭비합니다.

내 노력으로 절대 그렇게 될 수 없는데도
100%로 완성해보려고
발버둥을 쳐댑니다.

그러다가
완전 진이 빠져서
결국에는
나가떨어집니다.

가끔씩 그 일은 나만이
할 수 있다고 오만을 부립니다.

완벽한 사람은 없습니다.
완벽한 일도 없습니다.

원래부터 없습니다.

완벽주의가 저를 괴롭히기 시작한 것은 출산 후 복직을 하고부터입니다. 임신 후 15킬로그램이나 불어난 몸무게는 본격적인 워킹맘의 삶으로 들어선 후 마이너스 17킬로그램이 되었습니다. 아가씨였을 적보다 2킬로그램이나 살이 더 빠진 겁니다.

"어디 아파요? 병든 거 아네요? 아니, 살이 왜 이렇게 빠졌어요?"

복직 후 가장 많이 듣는 이야기는 제 살 빠진 이야기였습니다. 일과 육아를 병행하다 보니 저는 제 인생을 통틀어 가장 적게 나가는 몸무게로 살게 되었습니다.

일과 육아 두 분야에서 모두 완벽해지려 발버둥 쳤습니다. 한 가지 일에서도 완벽이란 것이 없는데, 너무 과한 욕심을 부렸습니다. 살이 안 빠지고는 못 버틸 만큼 몸도 마음도 아팠습니다.

일에서는 반년간의 공백을 빨리 메꾸려 안달했고, 육아에 있어서는 집을 비우는 공백 시간만큼 준비를 해놓는다며 집착을 부렸습니다.

결과는 보고 말 것도 없이 두 쪽 다 엉망이었습니다. 업무에 몰입하다가 늦게 집에 돌아와서는 아이 관련 일을 챙기기 시작했습니다. 새벽 일찍 일어나 또 마찬가지로 달려들었습니다.

매일 잠은 부족했고 원래 도달할 수 없는 완벽이라는 것을 바라보다 보니 난파선에서 짠 바닷물을 마시는 것처럼 목이 타들어갔습니다.

어느 날 저는 그동안 저를 지겹도록 쫓아다닌 완벽이라는 집착을 가만히 내려놓았습니다. 이미 나처럼 치열하게 워킹맘 시절을 겪은 회사 언니는 제게 이렇게 말해주었습니다.

"삶을 굴러가게 하는 데는 여러 개의 바퀴가 있는데, 물론 여자에게 중요한 그 두 개는 일과 육아야. 하지만 이 외에도 건강, 가족과의 관계, 돈 등도 중요한 것들이지. 은영아, 근데 신기한 게 뭔지 아니? 이 다섯 가지 모두를 추구하다 보면 결국 다 엉망이 돼서 바퀴가 전혀 굴러가질 않아.

또 이 바퀴한테 원래 100% 완벽한 모습이란 건 없어. 그저 한 70% 채워진다 생각하면 다섯 가지가 엇비슷하게 채워지면서 잘 굴러간다. 그러니깐 다섯 개를 다 완벽하게 만들려다가 네가 가진 바퀴가 아예 못 굴러가게 망치지 말고 좀 내려놔봐. 원래부터 100점짜리가 아닌 70점짜리로 만들다 보면 다섯 가지 모두 안정을 찾을 거야."

그러고 보니 저는 매 순간 완벽을 추구하고 있었습니다. 그 완벽의 끝이 어디인지도 모르면서 항상 그 간극을 메우려고 안간힘을 썼습니다. 바퀴는 언제나 심하게 찌그러져 있었고, 제 삶의 바퀴가 그 모양이니 뭐 하나 제대로 굴러가는 게 없었습니다.

완벽주의자들이 모르는 것이 있습니다. 원래 완벽이란 것은 우리가 그것을 추구하는 것일 뿐 이 세상에 존재하는 게 아니라는 점입니다. 완벽이란 녀석은 실체가 없어서 그 모습을 동경만 할 뿐 처음부터 도달할 수 없게 되어 있습니다.

이 사실을 안 후부터는 그만큼 하면 될 일을 100% 완성해보려다가 완전히 지쳐 나가떨어지는 일이 줄었습니다.

그래서 이제야 제 삶의 바퀴가 제대로 굴러갑니다. 100%의 모습이 아니기에 조금 천천히 갸우뚱거리며 굴러가지만, 그래도 제 모양을 갖추었기에 그전보다 아주 잘 굴러갑니다.

저는 이제 알겠습니다. 완벽이란 것은 원래 없다는 것을요. 저는 이제 일도 육아도 100점짜리 회사원, 100점짜리 엄마를 바라지 않습니다.

그저 70점짜리로 두 곳의 균형을 잘 맞춰 살렵니다. 70점짜리 엄마로, 70점짜리 회사원으로 마음을 먹으니 이제야 제대로 잠을 잘 수 있습니다. 편히 쉴 수도 있습니다. 업무에 온전히 몰입도 할 수 있습니다.

맞습니다. 나는 70점짜리입니다. 하지만 불행한 100점짜리보다는 행복한 70점짜리라 나는 좋습니다.

## 📍 에세이 속 에세이

우리 모두는 우리 삶을 써 내려가는 작가입니다.

이제 당신의 이야기를, 그 평범하지만 특별하고, 그 사소하지만 위대한 당신만의 에세이를 써주세요. 그 이야기를 가끔 꺼내어 보며 살아내는 삶 속에서 위안을 얻고 또 새로운 이야기를 추가시켜주세요. 우리 모두의 삶은 이야기이며, 그 이야기는 하나도 빠짐없이 모두 훌륭합니다.

## 📍 마지막 에세이

다섯. 그냥 산다

다섯. 그냥 산다

여자는 아내가 필요하다
ⓒ 이은영 2016

**1판 1쇄** 2016년 1월 25일
**1판 2쇄** 2016년 5월 4일

**지은이** 이은영
**펴낸이** 황상욱

**기획** 황상욱 윤해승 **편집** 황상욱 윤해승
**디자인** 엄자영 **마케팅** 방미연 최향모 함유지 **교정** 서동환
**홍보** 김희숙 김상만 한수진 이천희
**제작** 강신은 김동욱 임현식 **제작처** 인쇄 한영문화사 제본 경원문화사

**펴낸곳** (주)휴먼큐브
**출판등록** 2015년 7월 24일 제406-2015-000096호

**주소** 413-120 경기도 파주시 회동길 210 1층
**문의전화** 031-955-1902(편집) 031-955-1935(마케팅) 031-955-8855(팩스)
**전자우편** forviya@munhak.com
**ISBN** 979-11-957080-0-0 03810

이 도서의 국립중앙도서관 출판예정도서목록(CIP)은 서지정보유통지원시스템 홈페이지(http://seoji.nl.go.kr)와
국가자료공동목록시스템(http://www.nl.go.kr/kolisnet)에서 이용하실 수 있습니다. (CIP제어번호 : CIP2016000131)

**트위터** @humancube44 **페이스북** fb.com/humancube44